ars vivendi

MINISTÉRIO DA CULTURA
Fundação BIBLIOTECA NACIONAL

Obra publicada com o apoio do Ministério da Cultura do Brasil/
Fundação Biblioteca Nacional.
Diese Publikation wurde vom brasilianischen Kulturministerium/
Stiftung Nationalbibliothek gefördert.

Titel der Originalausgabe: »Sob o Céu de Agosto«
First published by Dublinense in Brazil, 2010

1. Auflage 2013

www.arsvivendi.com

Lektorat: Stefan Imhof
Satz: Christine Richert, www.typoholica.de
Umschlaggestaltung: Philipp Starke, Hamburg
unter Verwendung eines Fotos von
plainpicture/Millennium/Vincent Catala
Druck: Appel & Klinger, Druck und Medien GmbH,
Schneckenlohe

Printed in Germany

ISBN 978-3-86913-271-6

Gustavo Machado

Unter dem Augusthimmel

Kriminalroman

Aus dem brasilianischen Portugiesisch
von Lisa Graf-Riemann

ars vivendi

Für meinen Sohn João Francisco

»Gütiger als Gott ist der Teufel. Da er nicht so mächtig ist, kann er nicht so grausam sein. Ich habe keine Angst, meine Freunde!«

Joseph Roth, *Hiob. Roman eines einfachen Mannes*

1

Am Anfang war die Feuchtigkeit. Dann Kälte und Gestank, Dunkelheit und mein zerschlagener Körper. Was mir am meisten wehtat, war mein Auge, ein mit feinen Glasscherben gefüllter Tortellino. Wenn mir etwas wehtut, kann ich nicht tot sein, dachte ich. Dann hörte ich weit weg Stimmen. Wortfetzen. Gelächter, einen tropfenden Wasserhahn, jemanden, der hustete, eine Klospülung, eine hämmernde Schreibmaschine, Niesen, Gesundheit, danke. Ich hörte, wie jemand weinte und nach Gott schrie. Schritte von draußen, die näher kamen, näher, noch näher. Ein Schlüssel, der umgedreht wurde, klick, gleißendes Licht, Schritte im Raum.

Jemand setzte sich an mein Bett. Ich hatte Angst, es könnte ein Häftling sein, einer, der versuchen würde mich zu vergewaltigen oder zu töten. Ach ja, jetzt sah ich die Szene mit den beiden Polizisten wieder vor mir, die mir Fragen gestellt hatten, die mich nicht schlafen ließen mit ihren Fragen und noch mehr Fragen auf dem Weg zurück in die Stadt. Der eine furzte die ganze Zeit, und der andere lachte über die Fürze seines Kollegen und stellte gleich die nächste Frage. Ich erinnerte mich an den Rücksitz eines alten Golfs, eines innen und außen verdreckten Golfs, an die Bonbonpapiere und Pappbecher, die über den nackten Boden rollten, auf dem keine Gummimatten lagen, während das Auto die steilen Serpentinen bergab fuhr. Alles klapperte und krachte in diesem Wagen, der alte Motor röchelte. Ich erinnerte mich auch daran, dass mich jemand vor sich hergeschoben und in diese Zelle gebracht hatte, in der ich vorübergehend sitzen und Papiere unterzeichnen musste, einen Haufen Papiere. Unterschreiben Sie hier. Und jetzt hier. Was für ein schreckliches Licht. Und die Schmerzen im Auge.

»Otto?«

Es gelang mir nach drei Versuchen, das gute Auge geöffnet zu halten, aber das helle Licht war das reinste Gift für die Netzhaut meines unverletzten Auges. Der Mann an meinem Bett sah nicht aus wie ein Mithäftling. Er stand auf. Er ging herum, als sei er nach vielen Jahren wieder bei einem Freund zu Besuch und betrachte die Einrichtung ganz genau, um festzustellen, was sich seit dem letzten Besuch verändert hatte. »Klack, klack, klack«, machten seine Schuhe mit den zerkratzten Spitzen, »klack, klack, klack«. Schon nach wenigen Sekunden hatte er sich in ein wildes Tier verwandelt, das in einem Zoo eingesperrt war. Zoos machen mich übrigens richtig traurig. Diese neurotischen Wesen mit ihren Bewegungen, die sich immer wiederholen, unterbrochen werden, wieder anfangen, Kreisbewegungen wie bei den Insassen psychiatrischer Anstalten. Einmal habe ich einen Kollegen in der Psychiatrie besucht und …

»Sie sind also Otto. Otto, na gut. Richtig. Otto mit Doppel-t.« Ich schwieg. Ich lauschte diesem »Klack, klack, klack«. Der Mann war klein, gedrungen, ohne Hals. Ein kleiner, stämmiger, halsloser Kerl, der klassische Typ. Als junger Mann musste er muskulös gewesen sein. Er war etwa fünfzig, hatte ein hartes Gesicht, Hängebacken wie ein Hund aus einem Zeichentrickfilm und graues Haar, das sehr kurz geschnitten war und den Schädel an einigen Stellen durchschimmern ließ. Er roch nach Mottenpulver und Zigaretten. Mehr nach Zigaretten als nach Mottenpulver. Vielleicht gehörte das Mottenpulver auch gar nicht zu ihm, sondern vielmehr zu diesem Ort. Aber er roch stark nach Dingen, die lange irgendwo aufbewahrt wurden. Das musste nicht bedeuten, dass er nicht geduscht hatte. Ich weiß das, weil ich Freunde hatte, die selbst dann nach dem Schrank ihres Urgroßvaters rochen, wenn sie gerade aus der Dusche kamen. Es gibt Leute, die diesen Geruch einfach von Natur aus haben, auch wenn sie sich noch so bemühen, gut zu riechen.

»Wissen Sie, wo Sie sind?«, fragte er.

Ich schwieg noch immer.

»Das hier ist das Kommissariat Fünf, Mordkommission«, sagte er, und in seinem Gesicht lag eine Spur Ekel, als er mich so direkt ansah.

»Haben sie Sie hier so zugerichtet? Hat man Ihnen das hier angetan?«

Ich dachte nach und schüttelte den Kopf.

»Sie wurden gestern Nacht festgenommen, oben in den Bergen, und dann gleich verhaftet, nachdem Sie einen Doppelmord gestanden haben. Erinnern Sie sich daran?«

Ich nickte. Bis dahin erinnerte ich mich mehr oder weniger, an ein paar Stücke zumindest, an nicht mehr als zwei oder drei unzusammenhängende Bilder. Es war mir klar, dass da noch wichtige Teile fehlten.

Der Mann streckte mir einen Plastikbecher mit Kaffee aus einer Thermoskanne entgegen, die auf magische Weise unter seinem Arm aufgetaucht war. In meiner Fantasie wurde er zum Zauberer. Tio Tony fiel mir ein, der Magier aus dem Fernsehen meiner

Kindheit, und fast musste ich lachen. Aber ich dachte, das würde sich ganz schlecht machen, wenn ich in meiner Lage – in Polizeigewahrsam und aus dem letzten Loch pfeifend – einfach so wegen einer Erinnerung loslachte.

»Können Sie behalten«, sagte er und zeigte auf die Kanne, ohne sie aus der Hand zu geben. Dann setzte er sich wieder an mein Bett.

Ich bedankte mich für den Kaffee und nahm einen Schluck. Er war gar nicht so übel. Meine Zunge fühlte sich ziemlich dick an, sie passte kaum zwischen die Zähne, die sich vervielfacht hatten. Wie viele Zähne haben Säugetiere? Ich hatte so an die achtzig, neunzig.

»Ich heiße Sampaio und bin der Dienststellenleiter.«

Wir schüttelten uns flüchtig die Hände. Er wischte seine diskret an der Hose ab und redete weiter, redete und redete.

»Ich hatte frei, als man Sie hierherbrachte. Eigentlich habe ich immer noch frei.«

Er machte eine Pause, um auszuspucken. Wartete er darauf, dass ich mich dafür entschuldigte? Er spuckte noch einmal und fuhr fort.

»Sie wurden leider hierhergebracht, weil die Kommissariate, die näher beim Tatort liegen, überlastet waren. Wissen Sie, wie das läuft?«

Ich sagte Ja, das wisse ich.

»Bürokratische Entscheidungen«, fuhr er fort. »Die Polizisten machen ihren Job, aber sie wissen nicht mehr wohin mit den Festgenommenen. Also brachten sie Sie hierher, und nun sitzen wir hier und genießen zusammen meinen freien Tag.«

Ich nickte zustimmend, als begriffe ich endlich alles.

»Sie müssen einen wichtigen Freund in der Regierung haben. Sie sind aber nicht selbst Regierungsmitglied, oder?«

Ich schüttelte den Kopf. Aber ich war mir nicht sicher. Wenn ich es gewesen wäre, und wenn auch nur indirekt, wäre ich nun wahrscheinlich schon wieder auf freiem Fuß gewesen. Ich war freiwillig aus dem öffentlichen Dienst ausgeschieden.

»Und von der Partei? Sind Sie von der Partei?«

Fehlanzeige, signalisierte ich mit dem Kinn. Da war ich mir ganz sicher.

»Aber Sie haben eine Stelle bei der Regierung, nicht? Sie haben oder hatten dort einen Posten.«

Ich nickte, immer noch stumm. Das stimmte, aber es war nicht einmal eine Anstellung gewesen. Langsam begannen die Dinge sich zu klären, ohne Eile, wie die Morgendämmerung an einem wolkenverhangenen Tag. Mir gefiel das Bild der Morgendämmerung an einem wolkenverhangenen Tag, und ich dachte an Landschaften, die ich später hyperrealistisch zu malen versuchen würde. Falls es in dieser Polizeistation Pinsel und Farbe geben sollte. Ich mag es, wenn der Tag so anfängt, ohne großes Trara. Nur den Schmerz im Auge hätte ich nicht gebraucht.

»Na gut«, sagte er. »Ich glaube, Sie müssen einen wichtigen Freund in der Regierung haben, denn man hat mir gesagt, dass Sie von hier aus nicht ins Gefängnis wandern, bevor Ihr Fall nicht ganz genau geprüft worden ist. Man interveniert für Sie, falls Sie immer noch nicht verstanden haben. Ihre Lage ist ziemlich günstig, eigentlich kann ich Sie gar nicht einsperren.«

Das fand ich gut. Aber ich schwieg weiterhin.

»Man hat mich bedroht, wissen Sie? Und das fand ich nicht in Ordnung. Niemandem gefällt das, oder? Werden Sie gern bedroht? Oder Ihre Freunde?«

Dieser Teil machte mir ein bisschen Sorge. Und was hatte es mit dieser fast günstigen Ausgangslage auf sich, von der er gesprochen hatte?

»Man sagt – und es tut nichts zur Sache, wer –, man sagt, dass Sie gefoltert wurden. Man beschuldigt meine Abteilung des Amtsmissbrauchs, der Misshandlung, des Erpressungsversuchs, solcher Sachen. Das eigentliche Verhör hat nicht einmal stattgefunden, es wurde von höherer Stelle abgeblasen. So nennen sie sich selbst: ›höhere Stellen‹. Dieses Land geht wegen diesen Leuten zugrunde. Nun sind sie an die Macht gekommen, diese Fanatiker. Dadurch ist vieles schlechter geworden. Ihr Fall ist im Grunde reine Fiktion. Seltsam, finden Sie nicht?«

Es war tatsächlich seltsam. Es war alles ziemlich merkwürdig, aber ich wollte es nicht kommentieren. Eine kleine Küchenschabe lief vorbei, wich in einer hektischen Aktion dem rechten Fuß des Polizeibeamten aus und verschwand in der waagerechten Ritze zwischen Fußboden und Wand.

»Es ist, als ob Sie sich mitten in einem schlechten Traum befänden«, sagte der Polizist.

»Ein schlechter Traum?«

»Genau. Sie trinken hier auf dem Revier Kaffee, während Sie im wirklichen Leben bei sich zu Hause sind und – nach dem Essen oder weil Sie zu viel getrunken haben – gerade ein Nickerchen machen.«

»Ach …«

»Wenn Sie hier hinausgehen«, fuhr er fort, »mal angenommen, Sie gehen hier wieder hinaus, dann wird es so sein, als wären Sie nie hier gewesen. Verstehen Sie, was ich sagen will?«

Ein Albtraum, dachte ich, während ich mir mit der Hand über die Stellen meines Körpers strich, die mir wehtaten – und das waren fast alle, aber nichts war so schlimm wie mein verletztes Auge. Als Kind hatte ich oft Albträume gehabt. Ich stellte mir vor, ich würde immer näher zu einer sich auf und ab bewegenden Nadel einer gigantischen Nähmaschine hingezogen. Eine Art Däumling-Komplex, meinte einmal eine Freundin, die Psychologie studierte. Wobei sie nicht sicher sagen konnte, ob dieser Komplex bereits in den Handbüchern der psychischen Störungen verzeichnet oder eher eine private Theorie von ihr war.

»Ich kann diesen Fall vergessen, mir eine schöne Geschichte ausdenken, und das war's dann. Sie verschwinden von hier und hören auf, mir auf die Nerven zu gehen. Verstehen Sie?«

Ich nahm den letzten Schluck Kaffee. Ein Keks wäre prima gewesen. Irgendetwas sagte mir, dass es nicht so einfach sein würde. Nicht der Keks – und nicht, hier rauszukommen.

»Es ist nur so: Sie mögen es vielleicht komisch finden, aber ich bin anders als andere Polizisten.«

Lebenslänglich, Gaskammer, elektrischer Stuhl, dachte ich.

»Ich bin wirklich anders«, fuhr er fort, »und deshalb habe ich zu diesen Leuten, die mich so unter Druck setzten, gesagt, okay, sagte ich, wenn dieser

Typ unschuldig ist, wenn der Arme tatsächlich dazu gezwungen wurde, irgendetwas zu gestehen, dann ist die Sache gegessen. Komplett einverstanden. Ich lasse den Tatvorwurf fallen, und der Staatsanwalt soll entscheiden, wie er den Fall weiterbehandeln will. Oder der Menschenrechtskommissar. Oder eine der höheren Stellen, die hinter Ihnen stehen. Oder der Teufel selbst. Oder keiner entscheidet irgendwas, und es bleibt, wie es ist. Was weiß ich. Aber wenn er, in diesem Fall Sie ... wenn also tatsächlich Sie diese beiden Menschen getötet haben sollten, dann können Sie ein Freund des Staatspräsidenten sein, und ich werde Sie trotzdem hinter Gitter bringen. Auch wenn ich dafür selbst ins Gefängnis wandere. Ich scheiße auf Ihre Freunde. Verstehen Sie?«

Wir schwiegen beide.

»Ich mag Kriminelle nicht«, sagte er schließlich in das Schweigen hinein. Dann schenkte er erneut zwei Becher Kaffee ein, wobei er die Kanne, von der er behauptet hatte, sie gehöre mir, bei sich behielt. Er reichte mir einen der Becher. Ich nahm ihn. Meine Zunge erreichte langsam wieder ihren Normalzustand. Meine überzähligen Zähne verschwanden.

»Ich bin hergekommen, weil ich gerade nicht auf dem Revier war, als die Polizisten Sie brachten«, sagte er. »Ich möchte, dass Sie mir Ihre Geschichte erzählen. Wenn Sie ehrlich sind und die Wahrheit sagen – und ich bin immer bereit, ehrlichen Menschen zuzuhören, denn ich gehöre nicht zu denen, die glauben, dass die ganze Menschheit verloren ist –, dann werde ich merken, dass Sie die Wahrheit sagen, und alles ist in Ordnung. Wenn Sie mich nicht überzeugen können, werde ich den Fall weiterverfolgen und Sie noch heute ins Zentralgefängnis überstellen. Dort werden Sie bleiben, Fußbälle nähen und Unterricht in Marxismus genießen, bis Sie an Altersschwäche sterben. Und unsere Freunde von der Regierung sind mir scheißegal. Verstanden?«

»Klar«, sagte ich und fand meine Stimme dumpf und metallisch. Sie klang wie aus einem dieser batteriebetriebenen Radios, die die Leute ins Fußballstadion mitnehmen.

In die folgende Stille hinein hallte ein Schmerzensschrei durch das Gebäude. Der Polizeibeamte schien ihn nicht zu hören. Er wandte sich mir zu.

»Also, Otto, Sie können anfangen.«

Ich dachte nach.

»Wo soll ich anfangen?«

»Am Anfang, würde ich sagen.«

»Ganz am Anfang?«

»Natürlich. Möchten Sie?« Er bot mir eine dünne, lange Zigarette aus einer zerknitterten Packung an. Er zog auch für sich eine heraus und zündete beide an. Wir rauchten ein wenig. Meine Kehle war rau und kratzig, wie ich beim zweiten Zug bemerkte. Das gute Auge litt schon nicht mehr so stark unter dem Licht der nackten Glühbirne, die mit der Grazie eines erhängten Männchens von der Decke baumelte. Das kaputte Auge tat immer noch höllisch weh. Es kam mir mittlerweile schlimmer vor. Würde ich vielleicht blind werden? Einäugig? Es war wirklich nicht besonders toll, hier mit diesem Polizisten herumzuhocken. Außerdem ging mir der Kerl, der da draußen irgendwo herumschrie, an die Nieren. War es wirklich ein Mensch, der da schrie? Es konnte nichts anderes sein. Aber warum schrie er so?

»Kann ich vorher etwas fragen?«

Er zuckte mit den Achseln, was so viel hieß wie: nur zu.

»Wer ist dieser Kerl, der da die ganze Zeit schreit?«

»Ein Kerl, der schreit?«

Sampaio tat völlig überrascht. Wir spitzten beide die Ohren wie Wachhunde, während dieser Mensch an irgendeinem Ort in diesem Gebäude weiterschrie und heulte, »um Gottes willen, bei meiner Mutter, Jesus, Heilige Mutter Gottes« und andere Dinge. Der Kommissar kniff die Äuglein zu, als ob etwas von dem, was seine Ohren wahrnahmen, plötzlich in sein Gesichtsfeld treten könnte.

»Ich höre nichts. Es muss von der Straße kommen. Wir haben hier eine ziemlich laute Nachbarschaft. Also, Ihre Geschichte.«

»Ganz von vorne?«

»Von vorne, ja.«

Ich seufzte leise. Ich dachte an Berta. Ich hatte Sehnsucht nach ihr. Sie war eine so gute Geschichtenerzählerin. Ich wünschte, sie wäre hier gewesen und hätte mir geholfen, die Fäden aus diesem Knäuel herauszuziehen.

»Ich war ein glücklicher Mann, Herr Kommissar«, begann ich. »Mein kleines Leben lief ganz gut. Bis ich kein Geld mehr hatte, einen Job annahm und Sophia kennenlernte.«

2

Mein kleines Leben lief ganz gut. Bis ich kein Geld mehr hatte, einen Job annahm und Sophia kennenlernte. Ich erinnere mich gut an den Tag. Jeder würde sich daran erinnern. Auch ist es noch nicht lange her. Es war einer der kältesten Wintertage der letzten Jahre, wie der Wetterdienst des Achten Distrikts feststellte, den ich im Radio hörte. Ich verfolge die Analysen der Meteorologen immer sehr aufmerksam. Ein bläuliches Grau lag auf der Stadt. Ein bläuliches Grau? Na ja, das ist nur eine Hilfsbeschreibung. Ein bläuliches Grau mit einigen weißen Flecken, die die zahllosen Wolkenblöcke, die sich wie in einem Kaleidoskop übereinanderschoben, in einzelne Schichten zerschnitten. Ich hatte früher schon mehrfach versucht, diese Farbe zu malen, aber es war mir nicht gelungen. Ich hatte gedacht, ich müsste mehr ins Bleifarbene gehen, mit einigen zarten Violetttönen. Aber es blieb immer künstlich, zu dunkel, zu hell oder zu violett. Nie traf ich es genau, obwohl es beinahe zur Obsession geworden war. Schon lange hatte ich dieser Farbe einen Namen gegeben, für den Fall, dass es mir gelingen sollte, sie zu bestimmen: Augusthimmel, so hieß diese Farbe. Vielleicht, weil der August so etwas wie eine Allegorie des südlichen Winters ist. Dieser Augusthimmel ist meiner Meinung nach der farbliche Grundton des Winters, aber das tut jetzt nichts zur Sache.

An dem Tag, als alles anfing, brachte Berta mir bei, wie man Karottenkuchen mit Schokoladenguss backt. Das war die Lektion der Woche. Ich hatte den Mixer angeschaltet, ohne vorher den Deckel aufzusetzen. Ein Malheur. Wir waren mit Teig bespritzt. Wir beide und die ganze Küche. Sogar die Decke. Berta fand das sehr lustig. Sie lachte, bis sie Tränen in den Augen hatte. Sie bog sich vor Lachen, hatte die Hände auf den Bauch gepresst und war ganz rot im Gesicht. Sehr witzig. Sie würde das alles natürlich nicht sauber machen, klar. »Ich liebe rohen Teig«, sagte sie und versuchte mein Gesicht abzulecken. »Hör auf damit, Berta, hör auf mit dem Quatsch«, sagte ich und schob sie weg, aber es fing schon fast an mir zu gefallen. Das Telefon rettete mich, es klingelte einmal, zweimal, dreimal. Ich war ein bisschen grob und gab Berta einen Schubs, um an ihr vorbei ins Wohnzimmer zu gelangen. Im Gehen wischte ich mir die Hände an der Hose ab. Ich war barfuß und trat bei jedem dritten oder vierten Schritt auf den Saum meiner Hose, die sehr locker auf der Hüfte saß.

»Ja, bitte?«

»Otto? Otto, ich bin's!«

Teos Stimme schien vom anderen Ende der Erde zu kommen, schwach und gepresst. Quatsch, die Stimme war okay. Die Verbindung auch. Aber Berta hörte die Platten, die sie in mein Apartment mitbrachte, immer sehr laut – ich sage Platten, denn es waren alte Vinylscheiben dabei, vor allem aber CDs. Sie stand auf Jazz.

»Einen Moment, Teo. Berta, mach leiser«, schrie ich.

»Banause!«, schimpfte sie und schaltete den Apparat aus. (Ein Freund von mir behauptet ja, dass Frauen eine charakteristische, universelle Tendenz haben. Sie neigen zu Extremen. Du bittest sie, die Musik etwas leiser zu machen, nur ein bisschen, aber sie sind beleidigt und schalten gleich das Gerät aus.) Dann ging Berta zurück in die Küche, und ich konnte mit Teo sprechen.

»Feierst du gerade eine deiner Arbeitslosen-Partys?«, nahm Teo unser Gespräch wieder auf. Fast konnte ich seine dicken Lippen sehen.

»Arbeitslos, aber nicht ohne Beschäftigung. Auf jeden Fall ist mein Arbeitstag beendet.«

»Na, okay. Bist du wieder mit deiner dreizehnjährigen Nachbarin zusammen? Hat sie jetzt schon etwas kräftigere Beine?«

»Fünfzehn. Fünfzehn Jahre. Worum geht's, Teo? Ich bin gerade beim Kochen.«

In der Küche fing Berta an zu singen. Immer dieselben Lieder. Ihr Englisch war ziemlich gut. Sie machte alle Schnuten und Zungenstellungen, die dafür nötig waren. Aber sie war keine gute Sängerin, obwohl sie eine schöne, tiefe und leicht heisere Stimme besaß. Selbst jemandem, der nichts von Musik verstand, wäre das aufgefallen. Sie wurde wieder lauter, sodass Teos Stimme kaum mehr zu hören war.

»Warte noch mal, Teo, Entschuldigung. Berta, sei jetzt entweder ruhig oder geh nach oben.«

Sie war sofort ruhig. Meine Drohung wirkte auf der Stelle. Sie wäre vor Angst gestorben, wenn sie allein oben in ihrer Wohnung hätte bleiben müssen. Sie fürchtete sich vor den Gespenstern, die unser Haus aus den Vierzigerjahren bevölkerten und immer wieder Hausmeister und Putzfrauen dazu brachten, ihren Job zu kündigen. Ich würde ja sehr gern mal eines dieser Gespenster sehen. Es ist mir aber noch nie geglückt.

»Jetzt bin ich wieder da, Teo.«

»Wie sieht's aus, malst du gerade an irgendwas? Hast du Arbeit?«

Er wusste, dass ich keine hatte. Monate lagen hinter mir, in denen ich nicht ein einziges Bild auf einer Kunstmesse verkauft hatte. Und es wurde immer schlimmer.

»Das ein oder andere Bild, ja. Sonst nichts«, log ich.

»Bist du noch interessiert an einem Job?«

»Im Ernst?«

Meine Krämerseele jubelte. Nein, nichts jubelte, denn ich habe gar keine Krämerseele. Hätte ich eine, dann hätte ich es möglicherweise leichter im Leben. Vergangene Woche hatte ich Teo gebeten, mir dabei zu helfen, einen Job zu finden, irgendwas. Verwaltung, Fahrer, Anstreicher, wirklich irgendwas. Ich hatte tatsächlich »irgendwas« gesagt, obwohl ich wusste, dass er mir nichts anbieten würde, was außerhalb meiner natürlichen oder erworbenen Fähigkeiten lag, und von denen hatte ich nicht gerade viele. Meine finanziellen Reserven schwanden mit jedem Tag mehr, und ich bekam allmählich Angst. Deshalb mein Hilferuf. Nur hatte ich nicht gedacht, dass so schnell etwas passieren würde.

»Willst du nun den Job, oder willst du ihn nicht, Otto?«

Ich war begeistert. Zumindest halbwegs begeistert. Sollte ich zusagen oder absagen? Brauchte ich das Geld oder nicht? Geld brauchen. Jeder braucht Geld. Ich auch? Bin ich wie jeder? Natürlich bin ich das. Oder etwa doch nicht? Eine feste Stelle ist eine tolle Sache. Es ist gut, wenn man zu den anderen sagen kann: Ich mache dies, arbeite das, meine Büronummer ist die und die, ruf doch dort an und lass dich durchstellen, nach der Arbeit komme ich bei dir vorbei. Das ist wirklich eine tolle Sache. Und es gibt einem eine gewisse Würde. Es verschafft Sicherheit. Garantiertes Einkommen. Aber es ist auch ziemlich blöd. Arbeit gibt einem Menschen Würde. Und sie ermüdet. Aber sie ist notwendig. Ist sie notwendig? Mein Geld war fast aufgebraucht. Monate, ohne irgendetwas geschaffen zu haben. Wenigstens hatte ich davor eine ziemlich erfolgreiche Phase mit guten Verkäufen gehabt. Manchmal kann ich die Leute dazu bringen, dass sie meine Bilder kaufen. Ich schwimme auf einer Modewelle und fülle die Leinwände mit meiner nicht versiegenden Kreativität. Eine gute Strähne eben. Jetzt war nur noch Kleingeld für die Ausgaben des restlichen Monats übrig. Der gesunde Menschenverstand sagte mir, dass ich den Job ohne Wenn und Aber annehmen musste. Doch mein kleines Leben lief eigentlich ganz gut. Heitere Gelassenheit, das war der richtige Ausdruck dafür. Ich schlief und aß, wann ich wollte. Wenn ich gerade nichts dergleichen tat, versuchte ich zu malen, experimentierte ich mit Farben, Texturen, Oberflächen, Pinseln. Ernsthaft und ohne Kompromisse. Ich ging nicht aus, sondern blieb bei der Sache. Das geschah immer dann, wenn Bertas Mutter gerade zu Hause und nicht auf Reisen war. Denn immer wenn die Ärztin verreist war, kam Berta zu mir herunter, und wir beschäftigten uns mit anderen Dingen. Das machte sie schon so, seit sie ein Kind war. Wir wurden in dem Moment Freunde, als sie mit ihrer Mutter in dieses Haus einzog, in dem ich schon seit meiner Geburt lebte. Jetzt war sie fünfzehn und brachte mir das Kochen und Musikhören bei. Manchmal gingen wir ins Kino, tranken zusammen Kaffee, aßen Eis, tanzten, fuhren (im Frühling oder im Herbst) mit dem Tretboot, sahen uns die Schaufenster an oder zogen einfach nur ziellos herum, beobachteten Leute, dachten uns komplexe Geschichten aus, erfanden Szenen. Wir gaben Leuten spontan Namen, erdachten Berufe für sie, brachten sie alle in einer Geschichte zusammen. Wir bestimmten, wer von ihnen sterben, wer zum Verräter werden, wer Überraschungen, Triumphe oder wirtschaftlichen Ruin erleben würde. Berta wollte Schriftstellerin werden oder Filmemacherin oder beides zusammen. Ich wollte mich damit begnügen, ihr Assistent zu werden. Sobald ich die Stelle angenommen hätte, würde ich einen großen Teil von alldem verlieren. Ich könnte nicht mehr über meine Zeit verfügen. Ich würde mich in einen richtigen Proletarier verwandeln. Ich stellte mir vor, in einem überfüllten Bus zu stehen, in einer Kantine mit langen Tischen zu sitzen und zu Mittag zu essen, auf die U-Bahn zu warten, bei den Schlussverkäufen Schlange zu stehen, die immer gleicher werdenden Uniformen zu tragen, wie sie die Angestellten in den staatlichen Einrichtungen eben tragen. Nein, Teo würde nichts davon für mich vorgesehen haben. Und wenn doch? Was war das Problem? Eigentlich nichts. Wenig Geld fix zu haben war besser, als gar keines zu haben. Außerdem hatte ich die absolute Härte ja schon erlebt. Das war nicht lustig. Es ist eine Sache, hungrig einzuschlafen, weil man auf Diät ist. Eine ganz andere Sache ist es, wenn man vor lauter Hunger nicht einschlafen kann, und im Kühlschrank außer der Lampe einfach nichts ist.

»Also?«

Schweigen.

»Otto, bist du noch da?«

»Ja, Teo.«

»Ja, was? Bist du da oder willst du arbeiten?«

»Beides, Teo, vielen Dank.«

Dann gab mir mein Freund ein paar Anweisungen. Am nächsten Tag sollte ich mich um ein Uhr vorstellen. Und zwar ohne zu spät zu kommen.

»Hast du verstanden, Otto?«

»Klar«, sagte ich und notierte mir Namen, Positionen, Stockwerke sowie die Papiere, die ich mitbringen sollte. Ich kannte die Adresse. Seit einigen Jahren hieß das Gebäude »Centro Popular de Cultura«. Niemand erinnerte sich mehr an die Zeit, als das Haus den Namen eines Dichters getragen hatte.

»Hör zu, Otto, ich musste mich für dich verbürgen. Verstehst du?«

»Ich weiß. Und ich bin dir sehr dankbar. Wirklich.«

»Du bist nicht in der Partei. Du bekommst die Stelle nur aufgrund meiner, nennen wir es: Fürsprache. Ich bin für dich verantwortlich. Politisch kostet mich das einiges. Du kannst dir gar nicht vorstellen, wie viel …«

Es folgte eine ausführliche Erläuterung. Mein Part dabei war das Zuhören. Und das tat ich.

»Ich habe verstanden, Teo. Du hast dich für mich ganz schön ins Zeug gelegt. Wirklich«, versuchte ich das Thema abzuschließen.

»Genauso ist es.«

»Ich weiß das zu schätzen, Teo.«

»Dann enttäusche mich um Himmels willen nicht, Otto. Wenn du Mist baust, bin ich dran. Kapierst du das?«

»Vollkommen. Und vielen Dank.«

»Herzlichen Glückwunsch!«

»Danke noch mal«, wiederholte ich mich.

»Ruf an und erzähl, wie dein Einstieg war«, sagte Teo. Wir verabredeten uns zum Mittagessen. »Ich glaube immer noch, du könntest dich uns wieder annähern. Das wäre für beide Seiten nicht schlecht.«

»Gut, Teo. Ich werde darüber nachdenken.«

»Tatsächlich?«

»Natürlich.«

»Na gut. Ciao, Otto.«

»Mach's gut, Teo.«

Ich ging in die Küche. Der Kuchen war im Backofen, ein leicht süßlicher Duft breitete sich aus. Berta verrührte Schokoladenpulver, Butter und Kondensmilch in einem Topf auf kleiner Flamme. Das war der Kuchenguss, der langsam die richtige Konsistenz annahm.

»Wer war denn das? Eine von deinen Schlampen?«

»Das geht dich nichts an.«

»Ach, dann war es eine von denen. Ich hab's gleich gewusst. Viele Männer schaffen es, immer nur solche Freundinnen an Land zu ziehen. Vulgäre Tussis. Sexpüppchen. Lieber eine echte Frau wie ich als acht von denen.«

»Du bist nicht alt genug, um über meine Freundinnen zu reden.«

»Na, Gott sei Dank. Ich bin noch lange keine siebzig. War es nun eine von deinen Schlampen oder nicht? Eine von denen, die zu dir kommen, um hier Aktmodell zu spielen?«

»Ich male gar keine Akte.«

»Umso schlimmer. Also eine von denen, die kommen, um sich an dir zu reiben …«

»Es reicht. Ich werde es dir sagen, weil du hier für mich kochst und deine häuslichen Pflichten erfüllst. Es war Teo.«

»Dieser bärtige Dicke?«

»Ja.«

»Dieser Typ von der Regierung, der dicke Politiker, der mit dir zusammen zur Schule gegangen ist?«

»Genau der.«

»Dieser dicke Kerl ist mir unheimlich, hast du das gewusst? Frauen mögen ja geheimnisvolle Männer. Aber ich bleibe da lieber auf Distanz. Auf mich wirkt er eher wie ein Mafioso. Leute wie er sollten nicht Politiker werden. Oder vielleicht ist die Politik so abstoßend, dass sie nur solche Typen anzieht.«

»Er ist ein guter Freund. Und du verstehst überhaupt nichts von Politik.«

»Ich verstehe mehr davon als deine Schlampen-Freundinnen.«

»Möchtest du gar nicht wissen, was er wollte?«

»Ich weiß es eh schon. Du wirst festgenommen wegen subversiver Umtriebe. Stimmt's? Da musst du jetzt aufpassen, da hat sich einiges verändert. Ist es das? Wollen sie dich einlochen?«

»Fast«, sagte ich und versuchte den Finger in den Topf zu stecken, um etwas von der in Butter aufgelösten Schokolade zu naschen. Berta schlug mir mit dem Kochlöffel auf die Hand. Sie traf den Knochen, und es tat höllisch weh.

»Teo hat mir Arbeit besorgt«, erzählte ich einfach so, ohne lange zu überlegen.

»Das ist doch toll, Otto. Cool!«

»Cool?«

Manchmal wusste ich nicht, wann Berta es erst meinte. Es interessierte mich aber auch nicht weiter. Wir verstanden uns prima, alles andere war eigentlich egal. Ich stritt mich auch gern mit ihr. Wir taten dabei so, als ginge es um Leben und Tod oder um eine Staatsaffäre. Selbst wenn wir nur um die richtige Anzahl der Löffel Kakao in einem bestimmten Rezept stritten, taten wir es auf Teufel komm raus. Eine ziemlich gesunde Sache.

»Dann findest du das also gut? Wirklich?«, fragte ich und rieb mir meine Hand.

»Ja, das wird bestimmt gut. Ich hab immer gedacht, dass so ein Job dir helfen würde, reifer zu werden. Du kannst dich doch als Vierzigjähriger nicht mehr wie ein kleiner Junge benehmen.«

»Ich bin keine vierzig.«

»Aber fast. Ab einem gewissen Alter zählen die Jahre doppelt, später dreifach.«

»Tatsächlich?«

Ich pirschte mich wieder an den Topf heran.

»Ja, tatsächlich. Und Pfoten weg, Junge. Oder willst du noch mal eine, du Masochist?«

Der Kuchen ging im Ofen auf. Und er roch immer besser.

»Wo wirst du denn arbeiten? Bei der Geheimpolizei?«, fragte sie und schaltete den Herd aus. Die Schokolade war fertig. Sie ging hinüber ins Wohnzimmer und legte eine neue CD auf. Als sie zurückkam, stand ich am gekippten Fenster und rauchte. Ich bekam eine heiße Umarmung. Es war köstlich, von Berta umarmt zu werden. Niemand konnte das besser als sie. Eine kompakte, entschlossene Umarmung unter Einsatz ihres ganzen Körpers.

»Ich werde dich vermissen, wenn du bei der Arbeit bist.«

»Ich dich auch, Bertinha.« Ich umarmte sie ebenfalls. Sie kniff mich in den Po und steckte ihre Hand in meine Gesäßtasche. Mit der anderen Hand griff sie mir vorne an die Hose.

»Hey!«

»Entschuldige«, sagte sie, lachte verführerisch und küsste mich auf die Nase. Dann sah sie auf die Uhr und zog eine Grimasse.

»Mist! Meine Mutter kommt jeden Augenblick. Ich muss rauf, mein Liebster. Deine Handtücher sind trocken und liegen zusammengelegt auf dem Bett.«

Ich begleitete sie bis zur Tür. Seit Berta ein gewisses Alter erreicht hatte, wollte ihre Mutter nicht mehr, dass sie bei mir in der Wohnung blieb. Und ich konnte die Frau, die nur fünf Jahre älter war als ich, verstehen. Berta fantasierte sich viel über unsere Freundschaft zusammen. Sie spielte gern Ehepaar mit mir. Ich auch, auf meine Weise. Ich habe das jedoch nie ausgenutzt. Nicht, weil ich so ein toller Hecht bin. Ich glaube, jeder Mann in meiner Lage hätte es so empfunden, als würde man einem Blinden eine Münze stehlen. Die Versuchung spürte ich schon, natürlich. Berta ist ja auch sehr hübsch. Sie hat eine geistige Präsenz, wie ich sie sonst bei kaum einem Menschen erlebt habe. Aber alles zu seiner Zeit. Und Bertas Zeit würde erst noch kommen, wenn es überhaupt je so weit käme. Tatsächlich kam es ziemlich bald dazu, aber davon wusste ich in dem Moment noch nichts. Wer hat schon eine Kristallkugel?

»Vergiss den Kuchen im Ofen nicht. Noch zehn Minuten. Nach dem Auskühlen musst du ihn mit Schokolade überziehen. Das müsstest du schaffen. Du bist der Küchenjunge. Iss ein Stück Kuchen und denk dabei an mich. Oder an einen bestimmten Teil von mir. Ja, beiß in ein Kuchenstück und stell dir vor, es wäre ein Teil von mir. Du weißt ja, dass alle meine besseren und auch schlechteren Stücke dir gehören, nicht?«

»Hör auf«, sagte ich. Berta stieg in den Aufzug und hauchte einen Kuss in die Luft. Ich schloss die Tür.

Ich machte den Herd zu früh aus. Ich hatte Angst, ich könnte es vergessen und dabei den Kuchen verbrennen lassen. Bei der Kochprüfung durchzufallen wäre schließlich das Allerletzte. Dann schaltete ich die Stereoanlage aus, machte es mir mit einigen alten Zeitschriften auf dem Sofa gemütlich und wartete auf den Schlaf. Es dauerte ewig, bis er kam, und als er schließlich da war, brachte er keine Entspannung, sondern umschloss mich wie ein zu enger Schuh. Ab morgen würde ich ein Arbeitnehmer sein.

3

Ich ging viel zu früh aus dem Haus, weil ich Angst hatte, ich könnte zu spät kommen. Die Kälte brannte mir in den Augen. Schon bei den ersten Schritten fiel mir auf, dass sich eine Armada von dicken Wolken auf die Stadt zubewegte. Ein auf dem Gehsteig angebrachtes Display mit Zeit- und Temperaturanzeige, das für eine Feuchtigkeitscreme warb, gab zwölf Uhr siebzehn an, nur fehlte der Sieben ein Strich. Dann wurden zwei Komma vier Grad angezeigt, immer abwechselnd Uhrzeit, Temperatur, Uhrzeit, Temperatur, Uhrzeit, Temperatur. Wer hier im Süden im August nicht stirbt, der lebt ewig, sagte man, als ich klein war. Dieses »ewig« habe ich nie verstanden, denn mit jedem neuen Jahr gab es ja wieder einen neuen August und damit eine neue Prüfung, die der Erwartung des ewigen Lebens derer entgegenlief, die die Prüfung im Vorjahr bestanden hatten. Der diesjährige August löste einen Run auf mit Schafwolle gefüllte Steppdecken und Kunstfaserjacken aus, die aus Kindern Miniastronauten machten.

Ich überquerte den Viadukt in der Nähe meines Hauses. Er trägt zwar den Namen eines Politikers, wird aber auch »Viadukt der Selbstmörder« genannt. Auf dem Viadukt packte mich der eiskalte Südwind mit einer klitschnassen Umarmung. Er stieg vom Fluss auf und wurde alle hundert Meter stärker. Auf seinem Vormarsch fror er Fußgänger ein, schaukelte tapfere Motorradkuriere durch, knickte Äste und versetzte die Hunde in Panik, die die Nacht auf den Straßen des Zentrums überstanden hatten. Er brachte Vögel aus dem Gleichgewicht, riss Werbeplakate herunter, rüttelte an Fenstern und zerbrach einige Scheiben. Der Wind hatte einen feinen Regen im Schlepptau und einen unangenehmen Geruch nach Kloake. Seine Wut, Dächer abzudecken und Gehsteige leer zu fegen, erreichte ihren Höhepunkt genau dort, wo ich mich gerade befand, nachdem der Windstoß in einem langen Korridor von Hochhäusern mit mehr als zwanzig Stockwerken eingepfercht gewesen war. Mitten auf dem Gehsteig jenes Viadukts, der urprünglich als Luftschutzraum angelegt worden war. Mein Regenschirm strich die Segel. Er zerriss komplett, und ich musste ihn in einem Mülleimer zurücklassen. »Helfen Sie der Natur, lassen Sie Ihren Trockenmüll hier«, stand auf dem Schild. Ich dachte darüber nach, ob man einen durchnässten Regenschirm als Trockenmüll bezeichnen konnte, und warf ihn hinein. Auf dem restlichen Weg würde ich unter den Vordächern Schutz suchen müssen, sofern es welche gab.

Ich ging an den Bettlern vor der Kathedrale vorbei, die nach einer Nacht, in der sie sich vor dem Regen auf die letzten Treppenstufen verkrochen und gegen die Gitterstäbe gepresst hatten, ihren üblichen Gestank ausstießen. Sie warteten auf eine Gruppe von freiwilligen Helfern, die bald kommen und ihnen zum Frühstück eine dünne Fertigsuppe mit getoasteten Brotkrumen bringen würde. Ein Stück weiter, am Praça dos Três Poderes, waren städtische Arbeiter damit beschäftigt, die Hohlräume in den Stämmen der alten Bäume mit Zement aufzufüllen – gerade wurde eine Kampagne gegen die Ausbreitung der Rattenplage geführt. Die Arbeiter schützten sich mit gelben Plastikumhängen, die die Zeitungsverkäufer an der Ecke für sie gemacht hatten, gegen den Regen. Der kräftige Wind blies die Umhänge auf, und sie sahen damit aus wie Papierdrachen im Tiefflug.

Oben auf dem Regierungspalast war die französische Flagge zusammen mit der unseren gehisst. Irgendein Diplomat, der die Stadt besucht, dachte ich. Auch eine Flagge der Partei hing da und eine weitere, die erst vor Kurzem amtlich geworden war und alle sozialen Bewegungen vereinte, die von der Regierung anerkannt wurden. In der Rua da Ladeira blieb ich stehen, um ein Lotterielos zu kaufen. Ich kannte den Losverkäufer, einen kleinen Mann ohne Arme. Das Los kostete das Dreifache des von der Lotteriegesellschaft angegebenen Preises. Aber ich unterstützte ihn gern. So wie alle anderen Käufer auch. Unter den ausgehängten Losnummern entdeckte ich mein Geburtsjahr. Ein alter Trick.

»Geben Sie mir das da«, bat ich ihn.

»Vergelt's Gott«, sagte der kleine Mann und zeigte beim Lächeln seine schlechten Zähne.

Der Regen wurde noch einmal stärker, als ich um den letzten Häuserblock bog. Am Centro Popular de Cultura waren meine Haare und mein Mantel komplett durchnässt. Ich ging an einem Spiegel vorbei, und als ich hineinsah, kam ich mir wie ein Schauspieler in einem französischen Film vor. (Männer wie ich, die niemals mit Marlon Brando verwechselt werden, versuchen es lieber mit dem französischen Charme, weil die französischen Schauspieler, selbst die Hauptdarsteller, niemals so blendend schön sein müssen wie die amerikanischen. Natürlich war nicht ich derjenige, der das festgestellt hatte, sondern Berta. Das war, als wir uns François Truffauts Verfilmung des Romans *Schießen Sie auf den Pianisten* von David Goodis ansahen. Auch auf diesen Roman hatte mich Berta zuvor schon aufmerksam gemacht. Sie war die reinste Enzyklopädie. Allein dafür könnte ich sie lieben.)

Seit einigen Jahren war das Centro Popular de Cultura – ein ehemaliges Hotel, gebaut zu Beginn des vorigen Jahrhunderts – in einem lebhaften Rot gestrichen. Der alte lachsfarbene Ton aus der Zeit, als das Zentrum noch den Namen eines Dichters trug und eigentlich abgerissen werden sollte, war aus der Mode gekommen. Für viele Leute war das Überstreichen des Gebäudes mit kräftigem Rot ein Skandal. Sie hielten es für einen Ausdruck der Arroganz der Regierung und die ideologisch suggestive Farbe für eine parteipolitische Provokation. Mich berührte das wenig. Hätte es mich berührt, wäre ich auch verärgert gewesen. Am alten Farbton lag es nicht, den fand ich ziemlich nichtssagend und blass. Die neue fiebrige Röte gefiel mir besser. Sie war wie ein Sonnenbrand, wie Feuer, Abendrot, ein Schweizer Taschenmesser, der Rotstift eines Lehrers, ein Rennwagen, eine Lippenstiftspur am Hemdkragen oder ein Ketchuprest in den Mundwinkeln.

Ich trank zwei Tassen Espresso in der Bar im Erdgeschoss, die zweite mit einem Schuss Milch. Die Kälte, die meine Knochen gefrieren ließ, wurde etwas erträglicher. Als ich zahlte, fragte ich den Burschen, der an der Kasse saß, wo ich den Leiter der Abteilung Bildende Künste finden könne. Er erklärte mir den Weg. Es war kompliziert. Ich bat ihn, es noch einmal zu wiederholen, was er mit einem gewissen Widerwillen tat.

»Aber wenn Sie keinen Termin haben, können Sie's vergessen«, warnte mich das dürre Gerippe, das Haar strohfarben, ein halber Albino.

»Danke«, sagte ich und zwinkerte ihm zu, während ich das Wechselgeld, genau vier Münzen, einsteckte.

Ich ging zu Fuß in den dritten Stock. Ich dachte über etwas ganz Unwichtiges nach. Ich fragte mich, warum die Treppenstufen mit ungerader Zahl abgetretener aussahen als die mit gerader Zahl. Ich kam an einer Schlange Wartender vorbei, die alle aussahen wie Künstler. Sie trugen seltsame Brillen und aggressive Kleidung und hatten ihre Bewerbungsmappen unter den Arm geklemmt. Sie warteten darauf, der Reihe nach aufgerufen zu werden. Ich passierte sie alle. An der Spitze, also dort, wo die Schlange anfing, saß eine sehr streng wirkende Frau mit leicht dümmlichem Gesichtsausdruck, aufgeblähten Nasenflügeln und Krokodilblick an einem wackeligen Schreibtisch. Ich nannte ihr meinen Namen und erklärte, ich müsse mit dem Leiter sprechen. Die Frau öffnete eine Schublade und zog eine Mappe aus speckigem Karton heraus. Alles ganz langsam. Sie sah die Liste durch, auf der sich mein Name befinden musste, hob ihren riesigen Hintern aus dem Kinderstühlchen und ließ alle anderen Wartenden einfach stehen.

»Kommen Sie mit«, sagte sie.

Ich gehorchte und versuchte den Blick von diesen Leuten abzuwenden, all den armen Seelen, die um die eine freie Stelle kämpften, die ich nun ohne jede eigene Leistung bekommen würde. Ein gewisses Schuldgefühl nagte für einige Sekunden an mir. Aber ich sagte mir, wenn ich das Schlangestehen schon nicht erfunden hatte und die Arbeitslosigkeit auch nicht, dann konnte ich auch kein Mittel dafür erfunden haben, um solche Hindernisse zu überwinden. Das wirkte wie eine Absolution. Es gibt doch keinen besseren Partner für ein vertrauliches Gespräch als mich selbst, sage ich mir immer. Fast war ich versucht, diese Erkenntnis auch der Beamtin mitzuteilen.

Wir gingen einen engen Gang entlang, der dunkle Holzboden von ungezählten Absätzen malträtiert, die Wände nackt, an der Decke schlecht übertünchte Wasserflecken. Diskreter Schimmelgeruch. Am Ende des Gangs konnte man ein paar Gemälde erkennen. Je näher wir kamen, desto angenehmer wurde die Temperatur, und desto spürbarer wurde die Heizung. Auch die Wände waren in besserem Zustand. Das Hauspersonal schien hier aktiver zu sein als in dem öffentlichen Bereich des Gebäudes. Ich nahm auch einen Vanilleduft wahr, der den Schimmelmief überdecken sollte. Er entströmte einem dieser elektronisch gesteuerten Luftreiniger, die man so einstellen kann, dass die Raumluft alle paar Minuten mit irgendeinem Duft angereichert wird. Die Frau klopfte mit einer ihrer großen Hände mit den weißen Fingernägeln an eine dunkle, mächtige Tür, bei der unter unendlichen Schichten von Spachtelmasse und Lack immer noch die Termitengänge sichtbar waren. Drinnen seufzte eine hohe Männerstimme ein missmutiges »Herein«. Die Frau trat ein, und ich blieb draußen stehen. Ich versuchte zu hören, was drinnen gesprochen wurde, aber es gelang mir nicht. Sie flüsterten. Ich schaute mich um. An den Wänden hingen bedeutende Bilder. Bedeutend, aber auch alt und abstoßend. Ich kannte einige der Künstler. Es waren lokale Maler, mit denen ich mich während meines Kunststudiums beschäftigt hatte. So, wie die wirtschaftliche Lage heute gute Maler dazu zwingt, als Artdirectors in Werbeagenturen herumzukaspern, gab es in der jüngsten Vergangenheit hochbegabte Künstler, die dazu verurteilt waren, sich als offizielle Porträtmaler zu verdingen. Eine Minute später kam die Beamtin zurück. Sie ließ die Tür offen stehen.

»Bitte«, sagte sie und forderte mich auf, einzutreten. Sie ging fort und warf ihren enormen Hintern von einer Seite zur anderen, von einer zur anderen und immer so weiter von einer Seite zur anderen.

Ich sagte »Hallo« zu dem Mann, der mich nicht zum Hinsetzen aufforderte. Er war ein früh kahl gewordener Mittzwanziger mit einer antiquierten Brille aus Schildpatt. Der Typ gefällt mir nicht, dachte ich. Er las irgendetwas und sprach kein Wort mit mir. Er blätterte, eine Seite, noch eine Seite, ohne jede Eile. Das dauerte ewig. Schließlich richtete er sich mit einer feinen, aristokratischen Bewegung in seinem behaglichen Sessel mit der hohen Rückenlehne auf und sah mich an. Ein wunderbarer Sessel, wollte ich sagen. Aber ich blieb stumm, wie ein Kind, das der Lehrer zur Ermahnung zum Direktor geschickt hat. Sein Gesicht hatte nichts Umgängliches. Die feinen Augenbrauen schienen mit der Pinzette gezupft, und die Äuglein wirkten grotesk klein aufgrund seiner offenbar starken Kurzsichtigkeit und seines Schielens. Er sah aus wie eine Ameise, vielleicht wegen der sehr hohen Stirn. Er fuhr sich mit einer eigenartig dunklen Zunge über die farblosen Lippen und sprach langsam, mit sanfter Stimme, wie man mit einem Menschen spricht, der geistig behindert ist. Er erinnerte mich an die Atomameise aus den Trickfilmen.

»Also … Sie bekommen die Nachmittagsklasse, Fortgeschrittene. Sie vermitteln den Schülern einige Ihrer Techniken und bereiten mit ihnen eine Ausstellung vor, in der mindestens eine Arbeit eines jeden Teilnehmers zu sehen sein wird. Sie unterrichten Ihre Schüler fünfmal die Woche, sechs Monate lang. Alle Fehltage werden Ihnen abgezogen. Ihr Vertrag kann am Ende des Kurses verlängert werden oder auch nicht, je nach abschließender Evaluierung durch eine hochrangige Volkskommission, die zu ebendiesem Zweck eingesetzt wird. Die Vertragsverlängerung wird außerdem dem Verwaltungsrat vorgelegt werden. Einverstanden?«

»Natürlich. Einverstanden.«

Ich überlegte, ob es das nun gewesen war und ich also gehen konnte. Aber das war nicht der Fall.

»Prima«, sagte er. »Ich habe Ihre Arbeiten in einer Gemeinschaftsausstellung in New York gesehen. Sie sind sehr beeindruckend. Es fehlt ihnen etwas an Biss und sozialem Engagement, was ich persönlich für fragwürdig halte. Aber sie sind sehr expressiv und dramatisch.«

»Danke.«

Wir schwiegen, und ich grübelte, ob ich nun gehen sollte. Dieser Mensch löste bei mir Juckreiz aus.

»Teo hat nur Gutes über Sie erzählt«, sagte der Mann.

»Tatsächlich?«

»Er ist ein sehr guter Freund von mir.«

»Wirklich?«

»Er hat viel getan für die Administration. Wir haben ihm viel zu verdanken. In Bezug auf dieses Projekt natürlich. Teo ist ein wunderbarer Mensch, ein Vorbild für die jungen Generationen, die in den öffentlichen Dienst eintreten.«

Ich hätte mich beinahe noch einmal bedankt. Aber dann dachte ich, dass das nun Teos Angelegenheit war. Schließlich war er derjenige, der hier gepriesen wurde.

»Ich wünsche Ihnen einen guten Start. Und geben Sie bitte der Kollegin Bescheid, dass sie den nächsten Kandidaten für die anderen beiden freien Stellen hereinbringen soll.«

»Gern«, sagte ich und lächelte diskret. Ich streckte die Hand aus, aber sie blieb ganz allein in der Luft hängen. Als der Kerl sich wieder über seine Papiere beugte, drehte ich ihm lautlos den Rücken zu. Ich war schon an der Tür und glücklich darüber, dass es wenigstens noch zwei freie Stellen für all die Schlangestehenden gab, als er sagte:

»Sie fangen heute an.«

Ich verließ schweigend den Raum. Und es überfiel mich auf der Stelle die Sehnsucht nach meinem kleinen gewohnten Leben.

4

In einer Bar, die nur einen halben Häuserblock vom Centro Popular de Cultura entfernt war, schlug ich die Zeit tot und schmökerte in den offiziellen überregionalen Zeitungen herum, die auf Portugiesisch waren, sowie in der offiziellen ausländischen Presse, die spanischsprachig war. Ich las einen Artikel über die Gründung der »Union der Lateinamerikanischen Republiken«. Ich mochte Zeitungen nicht mehr besonders, sie wurden immer öder. Ich bestellte Sandwiches und Kaffee und überbrückte die Zeit bis zwei Uhr Nachmittag, wenn mein Kurs beginnen würde. Zwischen Sandwichhappen, Kaffeeschlückchen und Schlagzeilen, die über das Wiedererstarken der Staatsmacht, neue Ölvorkommen, kriminelle Machenschaften auf internationalem Niveau und Grenzabkommen berichteten, versuchte ich mir wenigstens zwei interessante Fakten auszudenken, die ich erzählen würde, um die Schüler zu beeindrucken. Ich habe in der Guerilla von Araguaia mitgekämpft – nicht in der alten, in den Siebzigerjahren des vorigen Jahrhunderts, sondern in einer jüngeren. Ich habe eine Ausbildung in politischer Didaktik in Venezuela absolviert. Ich habe zwei Jahre auf Kuba gelebt. Ich habe als Freiwilliger in Bolivien beim sozialen Wohnungsbau mitgearbeitet. Nein, diese Lügen würden sie mir wohl nicht glauben. Vernünftiger war es, Dinge zu nennen, die meine akademische Ausbildung hervorhoben, meine Intelligenz, meinen Scharfsinn und mein überragendes künstlerisches Wissen. Leider fiel mir dazu nichts ein. Vielleicht, weil ich über nichts davon verfügte.

»Mann!«

»Schau dir das an!«

»Gewonnen!«

Ein paar angetrunkene Typen stopften tonnenweise Münzen in die Spielautomaten im hinteren Teil des Cafés. Das war auch das Einzige, was man mit den alten Münzen, die fast nichts mehr wert waren, aber von den Automaten nach wie vor akzeptiert wurden, noch anstellen konnte. Die Typen gingen mir auf die Nerven mit ihrem Geschrei. Ich verspürte Heimweh nach meiner Wohnung, als wäre ich auf einem anderen Kontinent. Mehr mit dem Kopf als mit der Nase nahm ich das Parfum von Bertas Hals wahr und war ein bisschen verwirrt über diese plötzlich auftauchende Begierde.

»Noch mal, du Schwuchtel!«

»Wirf noch eine ein! Das will ich sehen.«

Ich hatte Lust, das Lokal zu wechseln. Aber weil ich schon einmal da war, blieb ich. Währenddessen rief Berta zwei Mal auf meinem Handy an, als wäre sie mit meinen Gedanken irgendwie synchronisiert. Beim ersten Mal wollte sie wissen, wie es lief, und erzählte mir, dass ein Schulfreund sie zu einer Vorpremiere eingeladen hatte. »Ein pakistanischer Film, glaube ich.« »Was für ein Film?« »Pakistanisch.« »Du lieber Himmel!« Sie war sehr irritiert darüber, dass ich kein Anzeichen von Eifersucht zeigte, und außerdem über meinen erlesenen Filmgeschmack und mein generelles Banausentum – ungefähr in dieser Reihenfolge. Ich sagte, wir würden zu Hause weiter darüber sprechen. Beim zweiten Anruf meinte sie, sie würde sich überhaupt keinen Film ansehen, und ob ich nicht wenigstens ein klitzekleines bisschen eifersüchtig gewesen wäre. Das war ich, aber ich leugnete es. Wir verabschiedeten uns. Schließlich war es so weit, und ich machte mich auf zu meinem neuen Arbeitsplatz.

Ich weiß nicht, ob ich das aushalten werde, dachte ich und fühlte mich wie ein Gefangener auf dem Weg zum Schafott. Einen üblen, bitteren Geschmack im Mund, ein leichtes Zittern, trotz der Kälte schweißnasse Hände. Konnte das überhaupt gut gehen? Ich war so zerstreut, dass ich beinahe von zwei Wagen einer Sondereinheit der Polizei erfasst worden wäre, die die Straße mit hoher Geschwindigkeit, Blaulicht und Sirene überquerten, unterwegs zu einem improvisierten Streik der Beamten des Finanzministeriums, die eine Erhöhung ihrer Bezüge forderten. Sie wollten mehr verdienen, würden aber nur Prügel beziehen. Es regnete immer noch leicht, und mein Mantel war genauso nass wie vorher. Die Schuhe ebenfalls. »Njek, njek« machten sie. Die Haare fettig, das war alles sehr unangenehm. Ich musste wirklich aussehen wie ein Franzose. Ich nieste ein paar Mal heftig. Erstaunlich, wie die Angst vor einer unangenehmen Situation die Gedanken eines Menschen verzerrt. Ich weiß nicht, ob ich das aushalten werde. Ich weiß es einfach nicht. Ich bin ein französischer Schauspieler. Ich bin ein Idiot.

Der Unterrichtsraum war voll, als ich ankam. Eine Mausefalle! Wo war ich da bloß hineingeraten! Es war ein großer Raum. Ich hatte ein gutes Publikum, das war doch ein positives Zeichen, dachte ich, und trotzdem fühlte ich mich nicht viel besser. Ich stellte mir vor, dass der Raum an Sonnentagen sehr hell sein musste, dank der Fenster und der alten Erker, die fast bis zur Decke reichten und das Tageslicht hereinließen. Auch hier waren Stockflecken an der Decke, viel Feuchtigkeit, das war schlecht für die Materialien. Aber sonst gab es keine Probleme.

Ich sah in die Gesichter der Schüler, die aufhörten sich zu unterhalten, als sie mein Kommen bemerkten. Es waren fünfzehn, und sie belegten alle vorhandenen Sitzplätze – hohe Stühle, vor jeder Staffelei einer, und alle in einem großen Kreis aufgestellt. Es waren ganz unterschiedliche Typen. Nachdem ich mich vorgestellt hatte, erklärte ich ihnen die Regelung mit den Fehlzeiten, sprach über die Ausstellung, die wir am Ende des Kurses zusammen machen würden, alles nach dem Vorschriftenheft für die Kursleiter im Fachbereich Bildende Künste am Centro Popular de Cultura, das die Beamtin mit dem dicken Hintern mir am Empfang überreicht hatte. Ein staubtrockenes Schriftstück, auf das ich einen kurzen Blick geworfen hatte, ehe ich den Raum betrat. Eigentlich hatte ich mehr die Überschriften gelesen. Nun bat ich die Schüler, sich reihum vorzustellen. »Hallo Leute, ich heiße Patrícia, aber ihr könnt mich Pati nennen, okay?« Das war eine unangenehme Sache, es erinnerte mich an meine Schulzeit und die Universität. Vielleicht gelang es mir damit, einige von ihnen zu verschrecken, zum Beispiel die mit einer Sozialphobie. »Hallo, mein Name ist Inez, ich bin neunzehn und Mitglied des ›Ausschusses gegen gesellschaftliche Ausgrenzung des staatlichen Referats für Menschenrechte‹.« Außerdem gewann ich so Zeit, denn ich hatte keine Idee, womit ich meine erste Unterrichtsstunde füllen sollte. Geschweige denn die kommenden Stunden. Was zum Teufel tat ich hier eigentlich? »Mein Name ist Lídia, und ich hoffe in der Malerei meine wahre Berufung zu finden, eine Begegnung mit mir selbst, wissen Sie, ganz unmittelbar.« »Sprecht ruhig weiter, Leute, wir wollen uns kennenlernen, darum geht es hier.« Und ich hatte solche Sehnsucht nach meinem kleinen Leben in meiner Wohnung. »Ich heiße Raimundo, bin siebenundvierzig, arbeite in der Abteilung Beschäftigungstherapie der ›Stiftung zum Wohl junger Menschen‹, und ich hoffe, wir alle finden hier indirekte, aber dennoch wirksame Methoden der Wiederherstellung von –« Jetzt konnte ich keinen Rückzieher mehr machen. Sie erzählten und erzählten, und ich war ganz weit weg. »Fahren Sie bitte fort.« »Als Sozialpsychologin glaube ich, dass die bildenden Künste die natürlichen Empfindungen jedes Einzelnen verstärken können und jeden einer Bewusstwerdung seiner Rolle als politische Person und sozial Handelndem innerhalb des Kollektivs näherbringen kann.« Sogar an meinen Karottenkuchen dachte ich. »Außerdem müssen wir gegen die Ausgrenzung unserer schwarzen Mitbürger kämpfen, speziell derer, die nicht sozial benachteiligten Schichten unserer Gesellschaft angehören und deshalb vom Staat auch in keiner Form unterstützt werden.« Mein Gott, würde mir denn gar niemand zu Hilfe kommen? »Ich bin außerdem Technischer Assistent bei der Gründung von Genossenschaften und humanitären Hilfsprojekten und –«

Eine einzige Stimme erregte meine Aufmerksamkeit. Sie war nicht kräftig. Auch war sie eigentlich nicht schön, im Gegensatz zu Bertas Stimme. Aber sie hatte etwas, das anders war, vielleicht wegen der

Trennung der Silben oder der besonderen Intonation, die überzeugen, gefallen, bezaubern, betören wollte.

»Mein Name ist Sophia Corso, ich bin vierundzwanzig, und ich male gern.«

Das war alles. Sonst sagte sie nichts. Ich male gern, Punkt.

Alle schauten sie an, halb aggressiv, halb verächtlich, als wollten sie sagen: Ja und, sie malt gern, und sonst? Deshalb ist sie also hier? Und was soll das? Malen mit welchem Ziel? Malen wozu?

Sophia blieb vor ihrer Staffelei sitzen, trommelte rhythmisch mit einem frischen, noch unbenutzten Pinsel auf ihrem Knie, das der Saum ihres Wollrocks freigab und das von einer weinroten Strumpfhose umhüllt wurde. Ihr Gesicht war unbewegt. Sie sah müde aus. Die Augenlider waren angeschwollen, ebenso die Lippen. Sie trug das Haar sehr kurz, fast wie ein Mann, mit Strähnen in verschiedenen Schattierungen von Gelb. Ich musste an die verschiedenen Grau- und Blautöne meines Augusthimmels denken. Sie hatte die feine Nase eines Vögelchens oder eines viktorianischen Fräuleins und zarte, schwarze Augenbrauen. Keine Liebe auf den ersten Blick, aber ein spontanes Knistern. Eine Frau mit einer Anziehungskraft wie ein Magnet. Anziehung auf den ersten Blick, das war es auf jeden Fall. Ich verspürte den unbändigen, dringenden Wunsch, ihr nahe zu sein. Wozu? Ach, ich war angefixt. Ich spürte, dass jene untrüglichen und universellen Symptome durch meinen Blutkreislauf zirkulierten, die der allerersten Paarung vorangingen, aus der wir alle abstammen, und die seither die ganze Menschheit begleiten. So war es. Heute denke ich, dass ich zu diesem Zeitpunkt Sophia schon verfallen und bereit war, bis zu dem Punkt zu gehen, an dem ich schließlich landete. Ich hätte zu diesem Zeitpunkt schon alles voraussehen können, was später geschah. Zumindest den angenehmen Teil der Geschichte. Sie war die Letzte auf der Teilnehmerliste, also die Letzte, die sich für den Kurs eingeschrieben hatte.

»Wunderbar. Wir machen jetzt eine Kaffeepause«, schlug ich vor. Ich rieb mir die Hände, als wäre mir sehr kalt, und das war ja nicht ganz gelogen. Ein misslungenes Lächeln entstellte mein Gesicht.

Die Schüler fanden das ziemlich sonderbar. Eine Pause nach weniger als dreißig Minuten Unterricht. Aber sie standen auf, zogen ihre Zigaretten, Feuerzeuge, Zeitschriften, Geldbeutel und Handys, mit denen sie sich während der freien Minuten beschäftigen würden, aus der Tasche. Sophia ging ebenfalls hinaus. Ich war drauf und dran, ihr zu folgen, aber ein Pummelchen mit lila Haaren, Piercing und dem vorspringenden Kinn des Comichelden Tom Slick hielt mich auf. Es war Pati. Robustes, sympathisches Gesicht, große blaue Augen mit einem Stich ins Violette, Grübchen in den Wangen. Sie stellte sich mir in den Weg. Immer wenn ich versuchte wegzukommen, rückte sie mir noch ein bisschen mehr auf die Pelle.

»Hi, Otto. Ich wollte Ihnen nur sagen, dass ich in Ihrer Ausstellung im Museum für Moderne Kunst war und Ihre Bilder ein-fach gött-lich fand.«

»Wirklich? Vielen Dank«, sagte ich und versuchte an ihr vorbeizugehen.

»Wirklich! Ich finde Ihre Arbeit fan-tas-tisch! Im Ernst.«

»Ich danke Ihnen. Wenn Sie gestatten, ich müsste jetzt wirklich«, sagte ich und tat so, als wollte ich gleich an Ort und Stelle den Reißverschluss meiner Hose öffnen.

Ich schob die Dicke weg und machte mich davon. Dann ließ ich den Rest der Klasse hinter mir, rempelte dabei ein paar Leute an und rannte die glatten Stufen hinunter, die von Generationen von Menschen abgenutzten Treppenstufen (von denen die ungeraden mysteriöserweise die ramponierteren waren, wie ich zuvor schon festgestellt hatte). Drei Mal stürzte ich fast. Ich erreichte das Café im Erdgeschoss. Es war ziemlich voll. Alle möglichen Leute waren da, ziemlich viele Frauen. Und die waren übrigens ganz schön aufgekratzt. Es ist ein großer Irrtum, zu glauben, dass Frauen im Sommer lebhafter sind, sage ich immer. Es waren also viele Frauen dort. Aber Sophia war nicht unter ihnen. Dann fiel mir das andere Café ein, das auf der Dachterrasse.

Ich nahm den Aufzug bis zum letzten Stockwerk, stieg oben aus und stieß gleich mit einer Kunstinstallation zusammen, bei der Ziegelsteine zu einem Stapel aufeinandergeschichtet waren, der mitten im Weg stand. Brutaler Schmerz am Schienbein. Am liebsten hätte ich den ganzen Plunder über den Haufen getreten. Ein Wächter, der sich über das Malheur kaputtlachte, durchschaute mein Vorhaben und warf mir einen warnenden Blick zu. Ich merkte mir die Ziegelsteine für später. Dann würde ich zurückkommen und alles auseinandernehmen. Leicht hinkend betrat ich das Café. Nur Opas und Omas saßen da, allein oder in kleinen Gruppen, Butterkekse kauend, die schmalen Lippen mit Tee und koffeinfreiem Espresso befeuchtend, mit ihren dünnen, sanften, ausgeleierten Stimmchen vor sich hinplappernd. Sie waren wie die Vögelchen des Heiligen Franz von Assisi, die friedlich ihre Körner aufpickten. Es hätte mich nicht überrascht, hier unter ihnen auch auf den Geist des Ordensbruders zu treffen. Du liebe Zeit, so viel unzusammenhängendes Zeug, das mir durch den Kopf ging! So viel Unsinn und so ein Schmerz im Schienbein. Jetzt wanderte er gerade vom Knie zum Schienbein und wieder zurück. Eine Kellnerin lief hinter mir her und reichte mir eine Karte. Ich drehte den Kopf und suchte und suchte und suchte. Schließlich sah ich sie. »Atemberaubend« ist nur ein Wort. Es war wie eine magnetische Anziehung auf den ersten Blick, ja, da bin ich mir ganz sicher.

Draußen auf der Terrasse saß sie an einem kleinen runden Tisch. Allein. Sie war die Einzige, die dem miesen Wetter und der Kälte trotzte. Der Nieselregen hatte sich eine Atempause genehmigt. Aber es war alles durchnässt, einschließlich der Tische, und eigentlich unerträglich. Ich ging zu ihr hinaus. Sie schien versunken in die Betrachtung des Flusses und einiger Frachter, die im Hafen vor Anker lagen und wahrscheinlich auf stabileres Wetter warteten, damit sie ihre Fahrt fortsetzen konnten.

»Darf ich mich zu Ihnen setzen?«, fragte ich.

Sie sah mich nur an und lächelte. Dann sah sie wieder zum Fluss hinüber und schwieg, bis die Kellnerin bibbernd zu uns herauskam.

»Drinnen gibt es freie Tische«, sagte sie. Eine Frau mit indianischen Wurzeln, glattem, sehr schönem Haar, das dunkel wie Öl und zu zwei dicken Zöpfen, die aussahen wie Taue, geflochten war. Sie rieb sich die Arme, die in einem sehr dünnen Pulloverchen steckten. Die Spitzen ihrer kleinen Brüste waren kurz davor zu explodieren. Was bist du nur für ein schweinischer Kerl, dachte ich.

»Nein, nein. Hier ist es prima«, sagte Sophia.

Ich schloss mich mit linkischen Gesten an, die Lippen schon blau vor Kälte.

»Ich hätte gern einen Cappuccino. Sie auch?«

»Ja, ich auch«, sagte ich.

Die kleine Indianerin machte ein mitleidiges Gesicht beim Anblick dieser beiden Verrückten, die hier draußen offenbar erfrieren wollten, und ging zurück ins Café. Sophia wandte sich von der düsteren Landschaft jenes trostlosen Augustes ab und schenkte mir ein wenig Aufmerksamkeit. Sie legte ihre Hände, die in Handschuhen aus feinstem braunem Kalbsleder steckten, auf den nassen Tisch. Ich verstand die Geste fast als Einladung an mich, diese Hände aus Kalbsleder mit den meinen zu umschließen. Aber ich konnte mich auch täuschen.

»Es gefällt mir, wenn die Stadt grau ist«, sagte sie. »Man entdeckt Farben, die man nie sehen kann, wenn die Sonne scheint.«

»Mir auch«, sagte ich, aber in Wahrheit hasste ich genau das. Neben den Unbilden des Wetters gab es in all dem Elend noch diese Farbe, die ich nicht zu fassen bekam, und die mich verfolgte, wohin ich auch ging. Es genügte, zum Fenster hinauszusehen, um meine Grenzen als Künstler zu erkennen und die Unzulänglichkeit meiner Arbeit etc. Tatsächlich gefielen mir Sonne und trockene Kälte. Eine angenehme Wärme mit einem gemäßigten Wind, wie gegen Ende

Oktober oder zu Beginn des Frühlings, war die zweite Wahl. Aber Sonne und trockene Kälte waren meine Idealbedingungen. Auf keinen Fall bewölkte oder feuchte Tage. In Bezug auf die nicht wahrnehmbaren Farben bei anderen klimatischen Bedingungen als diesen hatte Sophia absolut recht. Wir sprachen noch ein wenig über dieses Thema.

»Welche Art von Bildern malen Sie, Sophia?«

»Gar keine. Also, bis jetzt keine. Deshalb bin ich ja hier.«

»Aber Sie sagten doch, dass Sie gern malen.«

»Ja, das sagte ich. Und so ist es auch. Ich habe es nur noch nie ausprobiert. Darf man das nicht?«

»Klar darf man«, sagte ich. Ich rieb mir die Hände und steckte sie zum Wärmen unter die Achseln. »Ich finde es nur seltsam«, ergänzte ich.

»Warum denn? Können Sie sich nicht vorstellen, dass Ihnen etwas gefällt, das Sie noch nie ausprobiert haben?«

Ich grinste mit offenem Mund und ohne jede Anmut. Als wäre ich ein bisschen zurückgeblieben. Wie sie mich so ansah, drehte sich alles in meinem Kopf, und ich interpretierte alles Mögliche in diesen einen Satz hinein. Die Kellnerin kam zurück.

»Bitte sehr«, sagte sie und stellte die Tassen auf den Tisch. »Viel Glück. Wenn der Kaffee einfriert, brauchen Sie mich nur zu rufen«, scherzte sie ein wenig flapsig.

Sophia und ich fanden das sehr lustig. Wir lachten uns kaputt. Sie hatte ein gewinnendes, volles, ehrliches Lachen, weiße Zähne und rosa Zahnfleisch wie ein Welpe.

»Sie haben diese Pause nur inszeniert, weil Sie hinter mir her sind. Richtig geraten?«, fragte sie, schüttete Zucker in den Kaffee und rührte langsam mit dem Löffel um. Ich erinnerte mich an ein Buch, das Berta mir einmal geliehen hatte. Ein toller israelischer Autor. Es gibt darin eine Szene, in der die Erzählerin ihren Geliebten beim Umrühren des Kaffees beobachtet und dies so beschreibt, als streichle er den Löffel, welcher die Berührung durch die wissenden Hände anscheinend genießt. Genau das passierte mir auch gerade. War ich ein französischer Schauspieler, ein Löffel oder eine Figur aus einem israelischen Roman?

»Was haben Sie noch erraten?«

»Lassen Sie mich nachdenken«, sagte Sophia. Sie schloss die Augen und tat so, als meditiere sie oder als verfüge sie über telepathische Kräfte. Sie parierte meine männliche Anmache mit Klasse.

Sie überlegte, und ich sabberte. Was für ein schweinischer Kerl ich bloß bin, musste ich wieder denken. Dann fielen mir die kleine Indianerin, die Schlange der Jobsuchenden, über die ich mich einfach hinweggesetzt hatte, die Bettler vor der Kathedrale, Berta, die wie eine brave Hausfrau zu Hause auf mich wartete, und all die Male ein, die ich Teo nicht zurückgerufen hatte – und die Menschen, die ich verlassen hatte.

»Ich glaube, Sie sind kein Lehrer, weder hier noch in China. Richtig geraten?«

Vor Verlegenheit rührte ich ebenfalls in meinem Kaffee. War es eine vorgetäuschte Verlegenheit? Ein Täuschungsmanöver des franko-israelischen Löffels?

»So ungefähr«, sagte ich nun tatsächlich beschämt.

»Machen Sie sich nichts draus. Wir schaffen es doch fast nie, das zu werden, was wir eigentlich sein möchten«, stellte Sophia fest.

»Meinen Sie?«

»Nie. Ein Freund von mir, er ist Schriftsteller, sagt, es ist fast unmöglich, zu schreiben, was man denkt. Eine Idee entspringt dem Kopf eines Menschen, und wenn sie zu Papier gebracht oder mit dem Computer erfasst wird, ist schon etwas anderes aus ihr geworden. Verstehen Sie?«

»So ungefähr.«

»Es ist, als gäbe es eine große Entwertung im Laufe des Prozesses vom Kopf bis aufs Papier. Wissen Sie, warum? Ich habe lange gebraucht, um das zu verstehen. Jetzt denke ich, dass ich ungefähr weiß, was da passiert. Den Menschen gelingt es ja auch nicht, das zu sein, was sie gern wären. Und umgekehrt. Oder sie wissen gar nicht genau, wer sie eigentlich sind. Was tun Sie also hier, wenn Sie gar kein Lehrer sind?«

»Man muss eben seine Rechnungen bezahlen.«

»Ich habe keine Ahnung, wie das ist. Mein Verlobter ist ein fabelhafter Mann, er übernimmt das alles für mich.«

»Echt?«

»Ja.«

Sophia lächelte und sah wieder zum Hafen hinunter.

»Nein, das stimmt nicht, nein. Es soll heißen, dass ich heute nicht mehr weiß, was es heißt, Dinge tun zu müssen, die ich nicht tun will, nur weil ich meine Rechnungen bezahlen muss. Aber es war nicht immer so. Verstehen Sie?«

»Ich bin nicht sicher.«

»Es wäre schön, wenn Sie das verstehen könnten.«

»Verstehe.«

Sie lächelte, und wir schwiegen. Ich war derjenige,

der schließlich das Schweigen brach. Ich hatte Lust, ihre braunen Hände zu packen.

»Ich muss zurück. Kommen Sie auch mit?«, wollte ich wissen.

»Ja, ich komme mit«, sagte sie und stand auf, ohne mich anzusehen.

Ich legte einen Geldschein zusammen mit der Rechnung unter die Zuckerdose, und wir gingen. Ich stellte mir vor, dass sie vielleicht nicht einmal eine Brieftasche besaß.

Im Klassenzimmer hängte ich meinen Mantel an einem Heizungsschacht auf. Er hing da, schaukelte leicht an der Wand und sah aus wie ein Gespenst ohne Kopf. Für den Rest des Nachmittags bat ich die Schüler, freie und allegorische Skizzen zu einer Situation anzufertigen, die ihnen im Laufe des Tages begegnet war. Sophia sah mich nicht einmal an. Am Ende ging sie noch vor allen anderen eilig davon. Ich lief ihr nach und konnte gerade noch erkennen, wie sie auf den Rücksitz eines alten Jaguars kletterte, eines dieser silbernen, sehr schönen Sammlerstücke, das leise und diskret unter den gelblichen Lichtern der niedrigen alten Laternen europäischen Stils hindurchglitt, die es dort an der Straße gab. Ich sah den Rücklichtern zu, wie sie immer kleiner wurden, je weiter der Wagen sich entfernte. Es war erst kurz nach sechs Uhr abends und doch schon Nacht. Der Regen hatte aufgehört, und die Kälte war jetzt schlimmer als zuvor. Ich schlug den Mantelkragen hoch und machte mich ohne Eile auf den Rückweg zu meiner Wohnung. Nun hatte ich zwei gute Dinge, an die ich denken konnte. An Sophia und an den Kuchen, der auf mich wartete.

5

Am nächsten Tag aß ich mit Teo zu Mittag. Er hatte ein Restaurant im Mercado Público ausgesucht, das von Richtern, Unternehmern, Politikern und Parteiführern frequentiert wurde. Nichts Superfeines. Teo war begeistert von dieser Atmosphäre der Geschäfte, Verschwörungen und dem gewissen dekadenten Charme des Lokals. Ich fand das Essen ausgezeichnet. Nicht mehr. Wir bestellten Vinho verde und Stockfisch Gomes de Sá. Es war verblüffend, wie sie es schafften, dass sich der Fisch, der ziemlich lang und bei sehr hohen Temperaturen zusammen mit den Kartoffeln, Zwiebeln und Oliven in einer Keramik-Auflaufform dahingeschmurgelt hatte, am Ende in ein fünftes Element verwandelte, das unbeschreiblich war. Einfach köstlich. Teo musste die Mahlzeit mehrfach unterbrechen, um Leute zu begrüßen, die auf ihn zukamen. Beim Kaffee dankte ich ihm für die Stelle. Ich hatte eine kleine Rede vorbereitet, sagte aber dann einfach nur »vielen Dank«, sonst nichts. Während er das gerade servierte Dessert zerkaute, wedelte Teo mit seiner gigantischen Hand in der Luft herum, was so viel heißen sollte wie: Ach, das ist doch nicht der Rede wert. Wenn ich mich nicht irre, waren es Papos-de-anjo, Engelsbrüstchen, kleine Törtchen aus Eigelb und Zucker, eine typische Süßspeise aus Pelotas.

»Ich habe gar nicht gewusst, dass du schon so eine wichtige Person in der Partei bist«, sagte ich.

»In der Partei ist niemand wichtig«, gab er zurück.

»Aha …«

Seine ernste Miene löste sich auf, und die Schultern zuckten. Seine Fettpolster hüpften unter dem teuren und sehr engen Pullover, der Hals hing in einer französischen Krawatte, die er mir gerade eben gezeigt hatte. Ein Geschenk der Präsidentengattin zu seinem Geburtstag. Ich staunte über Teos Fettleibigkeit. Er war immer dick gewesen. Aber nicht so dick. Nun war ein gut angezogener See-Elefant aus ihm geworden. Ich stellte mir vor, dass seine Organe fast am Platzen waren.

»Du könntest auch wichtig sein innerhalb der Partei«, zog er mich ein wenig auf. »Du hättest nur nicht alles wegwerfen dürfen.«

»Alles? Was meinst du mit ›alles‹?«

»Unsere Sache zum Beispiel.«

Darüber musste ich lachen. Unsere Sache. Auch er lachte ein wenig, wenn auch mit einer gewissen Bitterkeit. Dann sprach er weiter, zwischen einem Happen Papos-de-anjo und dem nächsten.

»Es ist gut, wenn ich dir wenigstens weiterhelfen kann, und jene Leute mir einen oder zwei Gefallen tun, die mir noch einen oder zwei Gefallen schuldig sind.«

Teo und ich waren gleich alt. Oder fast. Er war sechsunddreißig und damit ein Jahr älter als ich. Als wir jung gewesen waren – wir durften damals noch nicht einmal wählen –, hatten wir die Kampagne unterstützt, die die Partei zum ersten Mal an die Regierung gebracht hatte. Das war zwanzig Jahre her. Nach den Aufnahmeprüfungen für die Uni fing ich mit dem Kunststudium an, er mit Jura. Beide an der Bundesuniversität. Teo sympathisierte mit den Professoren, die ihm Geschichten aus der Zeit des bewaffneten Kampfes und des Untergrunds erzählten. Dieser

Romantizismus packte ihn. Er engagierte sich in der Studentenpolitik, wurde von der Partei gefördert und vollzog in unvorstellbarem Tempo einen kometenhaften Aufstieg. Und er zog mich mit. Ich bekam sogar einen Posten, genau wie er. Aber die Dinge entwickelten sich etwas merkwürdig, das Ganze nahm fast religiöse Züge an, und ich legte den Posten nieder. Danach hörte ich ganz auf und brachte meinen Parteiaustritt auf den Weg. Das war ungefähr zu der Zeit, als meine Mutter starb, zwei Jahre nach meinem Vater. Sie hinterließen mir das Apartment im Geisterhaus und Geld, das sie über Jahrzehnte hinweg in kleinen Beträgen, aber beharrlich, auf ein Sparbuch eingezahlt hatten, von dem ich bis dahin nichts wusste. Ich hatte sonst keine Verwandten, und mein einziger Freund war Teo, der immerzu mit Politik beschäftigt war. Ich beantragte ein Stipendium und blieb einige Zeit außer Landes. Zuerst in Paris, dann in Chicago und zuletzt in New York. Gemalt habe ich eigentlich nur in New York. Es gelang mir sogar, eine Galerie für meine Arbeiten zu finden. Sie organisierte eine Werkschau ausländischer Künstler. Nichts Weltbewegendes.

»Willst du wirklich nichts Süßes? Das ist eine Sünde!«

»Nein danke, Teo.«

»Deshalb bist du auch so mager.«

»Ich war es«, sagte ich und klopfte mir auf den Bauch, der zwar noch nicht besonders auffällig, aber durchaus sichtbar war.

»Das ist doch gar nichts. Schau mich an. Noch einen Kaffee?«

Ich sagte Ja.

»Kellner! Hierher, bitte.«

Als ich mit dreißig in die Stadt zurückkehrte, hatten sich die Dinge verändert. Ich hätte nie gedacht, dass es so weit kommen würde. Aus Teo war ein Vertrauter des Gouverneurs, eines Ex-Gewerkschaftsbosses mit väterlichem Touch, geworden. Mein Freund wurde einer der beiden Hauptsprecher der Partei, gefürchtet von Parteigenossen wie von den wenigen Parteigegnern, die es noch gab. Außerdem knüpfte er wichtige Beziehungen zur Unternehmerschaft. Teo wurde für die Kampagne zum Präsidentschaftswahlkampf ausgewählt. Er ging in die Bundeshauptstadt und kam noch stärker zurück. Wir blieben Freunde, hielten den Kontakt, aber wir konnten nicht mehr miteinander über Politik sprechen. Meine einfache Meinung war, dass es da einen großen Widerspruch gab: Er glaubte weiterhin an das, was er »unsere Sache« genannt hatte, die Umverteilung der Reichtümer auf der Welt und die Verstaatlichung, während die Etiketten seiner Anzüge, seine Adressen und seine Autos immer luxuriöser wurden. Kann sein, dass ich mir das nur einbildete, aber es war etwas Finsteres in dieser Verwandlung, das man mephistophelisch nennen könnte. Doch dann gab es auch diesen anderen Teil von Teo, der sich nie änderte. Vielleicht bildete ich mir sowieso nur alles ein, und ich hatte mich in meiner Jugend eben so für Politik interessiert, wie die Generation vor mir sich in ihrer Jugend für die Beatles interessiert hatte: mit einer vorübergehenden Begeisterung.

»Du kannst zur Partei zurückkehren, wann immer du willst, Otto. Es wäre gut für dich. Und es würde mich persönlich glücklich machen.«

»Ich glaube, das ist gelaufen, Teo.«

»Gelaufen? Es fängt doch erst an.«

»Das glaube ich nicht, tut mir leid.«

»Liest du keine Zeitung? Die Partei stellt den Präsidenten der Republik, ist in dreiundzwanzig Länderregierungen, in allen Hauptstädten und in den anderen siebzig bevölkerungsreichsten Städten vertreten. Was, meinst du also, ist da schon gelaufen?«

»Ich will sagen, dass es für mich gelaufen ist, Teo. Verstehst du?«

»Nein, das verstehe ich aus tiefster Seele nicht, Otto.«

»Es stimmt, dass ihr gute Arbeit leistet …«

»Ihr? Das hört sich an, als ob du Ausländer wärst. Komm zurück! Das wäre für alle prima. Es passiert immer öfter, dass wir von einem Tag auf den anderen wichtige Posten zu besetzen haben und uns die qualifizierten Kader dafür fehlen.«

»Qualifizierte Kader …«

»Ja, und wir haben nicht immer welche zur Verfügung. Damit stärken wir vielleicht die Rechte, die zwar nahezu auf Null geschrumpft ist, aber immer noch herumstänkert und uns als inkompetent und ignorant abstempelt. Darüber hinaus wäre ich, ich sag's noch mal, glücklich, wenn du zurückkämst.«

»Wirklich?«

»Ganz ernsthaft, Otto.«

»Okay, dann werde ich darüber nachdenken«, sagte ich und kramte in der Hosentasche nach Geld.

»Nichts da. Kommt nicht infrage.«

Teo gab dem Kellner ein Zeichen.

»Das ist ein Geschäftsessen. Das bezahlt der Lenkungsausschuss.«

Wir tranken unsere zweite Tasse Kaffee aus und standen gleichzeitig auf. Teo hatte die Augen weit aufgerissen, und an den vor Schweiß glänzenden Schläfen sprangen die Venen hervor.

»Geht's dir gut?«

»Das ist der Blutdruck«, sagte er und steckte sich eine Tablette in den Mund. Er schluckte sie trocken.

Wir gingen ein paar Schritte schweigend nebeneinander her.

»Ich kann dich mitnehmen«, sagte er schließlich. »Mein Wagen wartet dort drüben am Alten Rathaus.«

Wir durchquerten den Mercado Público. Dort hatte sich vieles zum Besseren entwickelt. Coolere Läden, Spezialitätengeschäfte, alles restauriert, Rolltreppen, weniger Überfälle. Jemand hatte die Bettler, die Krüppel von der Straße und die Betrunkenen verschwinden lassen. Die Armut wurde besser organisiert, so gut, dass sie friedlich mit dem Publikum unseres Restaurants zusammenleben konnte. Es war fast alles besser geworden. Nur der Fischgestank nicht. Der war wie immer zum Kotzen. Ein Haufen Leute hetzte mit Einkaufstüten und Kindern an der Hand zu den Bushaltestellen und zur S-Bahn.

»Dort steht er«, sagte Teo und zeigte auf einen großen dunklen Wagen. Als der Fahrer Teo entdeckte, stürzte er sich wagemutig in den Verkehr, um uns den Weg zu verkürzen. Wir stiegen hinten ein.

Der Wagen war sehr komfortabel. Angenehm klimatisiert, die Fenster geschlossen, aus den Lautsprechern tröpfelte ausgewählte Kammermusik. Der Fahrer war ein leicht gelblich aussehender, magerer junger Mann mit großer Nase und hervorstechenden Wangenknochen. Er fuhr schweigend dahin. Er trug Zivil, wirkte aber sehr militärisch. Neben mir telefonierte Teo ununterbrochen oder wartete gerade bei einem seiner beiden Handys auf irgendeine Verbindung. Es waren tolle Handys. Er ließ mich beim Centro Popular de Cultura raus. Teo drückte mir die Hand, ohne sein Telefonat zu unterbrechen, und gab mir ein Zeichen, das so viel heißen sollte wie: Wir sprechen uns. Alles klar. Ich stieg aus und verabschiedete mich. Der Fahrer tippte sich mit zwei Fingern an die nicht vorhandene Mütze.

6

»Ich weiß nicht, ob mich Ihre politischen Ansichten interessieren. Ich bin über öffentliche Auswahlverfahren an meinen Posten gekommen. Ich schulde den Bonzen gar nichts. Ich weiß, worauf Sie hinauswollen. Aber ich scheiße auf diesen Freund. Diese Typen sagen, dass das Volk nun an der Macht ist, aber sie selbst leben im vollen Luxus. Sie haben den Adel praktisch wieder eingeführt. Entweder seid ihr alle Lügner, oder …«

»Immer mit der Ruhe, Herr Kommissar. Wollten Sie nicht die ganze Geschichte hören?«

»Doch. Aber bleiben Sie sachlich. Was hat ihr Freund Teo mit den Verbrechen zu tun?«

»Direkt nichts.«

»Na, also.«

»Ich muss die Dinge aber in einen Kontext setzen. Das ist eine narrative Technik. Diese persönlichen Dinge sind sehr wichtig. Wenn Sie darüber nichts wissen, müssen Sie einfach die primitivste Version der Ereignisse glauben, und das ist die der beiden Militärpolizisten, die mich hierhergebracht haben.«

»Narrative Technik? Sind Sie jetzt Maler oder Schriftsteller?«

»Maler. Bücher mag ich nicht einmal besonders. Ich habe nur wenige gelesen. Zum Beispiel den Israeli …«

»Den mit den Löffeln …«

»Genau den.«

»Ja, und?«

»Beigebracht hat mir diese Dinge Berta. Sie wollte Romanschriftstellerin werden oder Filmemacherin.

Oder beides. ›Sie wollte‹ ist nicht richtig, sie will immer noch. Und sie wird es schaffen, denn sie ist sehr begabt.«

»Ja, ich weiß. Berta, das Mädchen, mit dem Sie was laufen haben. Oder hatten. Wissen Sie, dass das auch ein Verbrechen ist?«

»Etwas laufen?«

»Sie brauchen sich nicht so anzustellen, Nabokov. Ich habe verstanden, dass Sie etwas mit ihr hatten. Das ist ja wohl klar. Ihr Freund Teo hat es ja auch gedacht, das haben Sie mir selbst erzählt. Diese Berta glaubt doch selbst, dass sie Ihre Geliebte ist. Sie überprüfen besser noch mal Ihre narrativen Techniken. Oder Ihre Techniken in Bezug auf Frauen. Wollen Sie noch eine?«

Sampaio bot mir noch eine von seinen dünnen Zigaretten an. Ich nahm nur an, weil ich selbst keine mehr hatte. Die Marke war grauenhaft. Er lockerte den Knoten seiner Krawatte, bevor er weitersprach. Ich veränderte meine Position auf diesem stinkenden Bett. Was für eine Sehnsucht ich nach meinem Apartment hatte.

»Und mit dieser Sophia, hatten Sie mit der auch was?«

Es war schwer für mich, darauf zu antworten. Die Erinnerung an die Ereignisse der vergangenen Nacht war zwar noch etwas fragmentarisch, aber doch schonungslos. Die Schreie, das Gefühl der Ohnmacht, das Blut und der Schmerz, der Sophia ins Gesicht geschrieben stand, in Corsos hässliches Gesicht, in meines. Das tat noch mehr weh als mein geprügelter Körper oder mein Auge, das an einen Gladiator erinnerte, der am Ende seiner Karriere angelangt war.

»Ja.«

»Ja?«

»Ja, ich hatte was mit Sophia.«

»Wie fing das an?«

»Meine Romanze mit Sophia begann am zweiten Unterrichtstag.«

7

Meine Romanze mit Sophia begann am zweiten Unterrichtstag. Nach jenem sensationellen Stockfisch ließ mich Teo am Centro Popular de Cultura aus seinem Dienstwagen aussteigen. Der Regen hatte aufgehört, aber es war noch immer ziemlich kalt. Ich spürte die Kälte nicht besonders, weil ich gegessen und getrunken hatte wie ein König. Die Leute glotzten mich an, als ich aus diesem Auto stieg. Der hat einen mächtigen Gönner im Rücken, müssen sie gedacht haben, voller Misstrauen, Neid oder beidem. Ich achtete nicht darauf und ging einfach weiter. Sie hatten ja recht.

Ich war fünfzehn Minuten zu früh. Es reichte noch für einen Kaffee im Lokal im Erdgeschoss. Ich ging hinein und setzte mich an den Tresen. Ich bestellte einen doppelten Espresso und ein Mineralwasser mit Kohlensäure. Der Stockfisch ist ein großer, schwer verdaulicher Fisch. Ich rührte in meiner Tasse, als ich im Wandspiegel hinter dem Barmann eine Frau im dunkelsten Teil des Lokals erkannte, die sich von ihrem Tisch erhob und auf mich zukam. Es war Sophia. Sie blieb hinter mir stehen. Ich beobachtete weiter ihr Gesicht im Spiegel. Sie war noch schöner als am Tag davor. Damals kannte ich ihre Fähigkeit noch nicht, jedes Mal noch bezaubernder auszusehen als zuvor. Dieses Mal fragte sie mich, ob sie sich setzen dürfe.

»Darf ich?«

Ich zeigte auf den Stuhl neben mir.

»Kaffee?«, fragte ich.

»Nein danke. Ich habe schon sieben getrunken, während ich auf Sie gewartet habe.«

»Sie haben auf mich gewartet?«

»Ja.«

»Sieben Tassen Kaffee?«

»Mhm.«

»Sieben Tassen Kaffee, während Sie auf mich gewartet haben?«

»Richtig. Soll ich ein Tonband abspielen?«

Ich verschluckte mich fast. Das war doch nun wirklich zu einfach. Das hörte sich nach dem Plot eines Pornofilms an. Mit gelbem Blinklicht.

»Hör zu, Otto … Darf ich dich Otto nennen?«

»So heiße ich.«

»Gestern habe ich seltsame Dinge gesagt, Otto. Vergiss das bitte, okay? Ich bin nicht immer so.«

»Wer bin ich, über andere zu urteilen?«, scherzte ich. Ein ziemlich blöder Scherz, kein bisschen geistreich, stimmt schon.

»Es gibt Tage, an denen funktioniert mein Kopf nicht richtig. Denk bitte nicht schlecht von mir, ja?«

»Mach dir keine Sorgen, Sophia«, war das Einzige, was mir dazu einfiel.

Ich steckte mir eine Zigarette zwischen die Lippen und suchte in allen Taschen nach Feuer. Ohne Charme. Ohne Stil. Wort- und einfallslos. Und so uninspiriert machte ich weiter, bis ich schließlich die Zigarette am falschen Ende anzündete. Sehr zur Erbauung des Kellners, der die ganze Szene beobachtete, während er mit einem weißen Tuch die Biergläser polierte. Verdammter Qualm. Was für ein Teufelsweib, dachte ich, während ich die verkohlte Zigarette in dem Aschenbecher ausdrückte, den Sophia mir reichte. Ihr Lächeln war jetzt anders. Anders als am Vortag. Damals wusste ich auch noch nicht, dass sie nicht nur jeden Tag schöner als am Vortag aussah, sondern auch über tausend verschiedene Arten zu lächeln verfügte und diese so kombinieren konnte, dass sie sich nie wiederholten. Niemals. Was hätte ich darum gegeben, sie alle kennenlernen zu dürfen. Aber das Leben vergeht so schnell. Die Zeit verschluckt uns so durstig. Wir werden am Beginn einer Riesenrutschbahn geboren, von der wir uns in atemberaubender Geschwindigkeit hinabstürzen. Der verbrannte Filter würde mir sicher nicht guttun.

»Du trinkst nur Kaffee?«, fragte sie und gab mir mit einem rosa Wegwerffeuerzeug Feuer. Dieses Mal zündete ich meine Zigarette an der richtigen Seite an.

»Warum?«, fragte ich und kniff die Augen wegen des Qualms zusammen. »Möchtest du mich zum Weintrinken einladen? Wir beide und dein Verlobter, der Millionär? Eine Ménage-à-trois?«

Sie lächelte wieder. Und wieder auf eine neue Art. Noch eine. Und sie fuhr mir mit dem behandschuhten Finger übers Gesicht, als wische sie etwas Schmutz weg. Es war dasselbe weiche Leder, das mir am Vortag schon so gut gefallen hatte. Superteures, duftendes Leder, mit einem Minimum an Widerstand über meine von der Kälte spröde Haut gleitend. Von Kälte und von vorzeitigem Altern, was der Spiegel mir bestätigte. Im Gegensatz zu anderen Leuten taten mir die Jahre nicht gut.

»Gib mir deine Adresse. Ich besorge den Wein und bringe ihn mit. Ohne meinen Verlobten. Welchen Wein trinkst du gern?«

»Wann wird das sein? In einem Jahr?«

»Heute. Es muss heute sein.«

»Heute?«

»Passt es heute nicht?«

Ich dachte an die Schwierigkeiten, das Terrain vorzubereiten. Ich musste dafür sorgen, dass Berta in ihrer Wohnung blieb, um jedweden Eklat und versuchten Totschlag zu vermeiden.

»Heute? Ausgerechnet heute?« Ich versuchte Zeit zu gewinnen.

»Kannst du nicht? Ach so, du bist müde …«

»Nein. Natürlich kann ich. Es ist nur so, dass ausgerechnet heute …«

»Es muss heute sein. Ich erklär dir später, warum«, sagte sie und streckte mir einen kleinen Kalender entgegen, in den ich meine Adresse und meine Telefonnummer notierte. Ich musste an die Kriminalfilme denken, in denen die Täter mithilfe einer Handschriftenanalyse überführt werden. Und ich sah mich schon Erklärungen abgeben über mein Gekritzel. Sophia steckte den Kalender ein und stand auf, wobei sie sich langsam auf dem Barhocker zur Seite drehte. Ein Airbus, der in einen blank geputzten Himmel abhebt.

»Und jetzt in den Unterricht, Herr Lehrer.«

Sie ging voran.

Der Kellner zwinkerte mir in diesem Glückwunschritus, den Männer pflegen, wenn einer der ihren kurz davorsteht, einen Sieg einzufahren, verschwörerisch zu. Ich zwinkerte nicht zurück. Als Kavalier habe ich meine Prinzipien. Aber vielleicht würde ich eines Tages zu ihm gehen und ihm Details von meinem ersten Rendezvous mit Sophia erzählen.

Ich erinnere mich an fast nichts, was an diesem Nachmittag noch passierte. Nur, dass er sich dahinschleppte, während ich versuchte, die Blicke, die Sophia und ich austauschten, vor der Klasse zu verbergen. Ich war sehr zerstreut. Die Schüler malten weiß der Himmel was, als Sophia an meinem Pult auftauchte.

»Herr Lehrer, ich müsste heute früher gehen. Ich muss mich auf einen Termin vorbereiten«, sagte sie sehr ernst, ohne Anspielungen, ohne Witzelei. Sie kam noch näher und berührte mit ihren Lippen fast mein Ohr. Von ihrem Atem an meinem Gesicht und ihrem Kaffeeduft bekam ich Gänsehaut im Nacken.

»Es ist eine Verabredung«, murmelte sie und legte dabei ihren Kopf beinahe an meine Schulter.

»Natürlich, Sophia. Sehen Sie sich beim nächsten Mal einfach die Aufzeichnungen Ihrer Kollegen an«, sagte ich, den Geruch ihres Lippenstifts in der Nase. Lippenstiftgeruch ist etwas Köstliches. Eine teuflische Sache.

»Danke schön. Dann bis morgen.«

Berta behauptete immer, dass Frauen, die »danke schön« sagen, Ignorantinnen seien, denen nicht zu helfen ist, nicht einmal mit einer Hirntransplantation. Ich weiß nicht, warum mir dieser linguistische Quatsch gerade jetzt einfiel.

»Bis morgen, Sophia.«

Bevor ich den Kopf wieder senkte, um mir eine Schülerarbeit anzusehen, versuchte ich herauszufinden, ob irgendjemand unsere Blicke oder den merkwürdigen Aufbruch von Sophia bemerkt hatte. Die dicke Pati. Das verdammte Pummelchen. Sie hatte alles mitbekommen und sah mich sehr böse an. Betrogen. Verletzt. Zurückgewiesen. Rachsüchtig. Ihre Augen waren wie zwei Gewehrmündungen bei der Exekution. Ich erwiderte ihren Blick. Ihr sibirischer Blick gegen mein bestes Zahnpastawerbelächeln. Ohne Erfolg. Pati mit den großen Augen. Sie tauchte hinter ihrer Staffelei ab. Sie war wütend. Sie sprach danach nicht mehr mit mir. Nie wieder.

8

Berta war bereits in meiner Wohnung, als ich nach Hause kam. Das machte die Sache etwas schwierig. Sie hatte einen Schlüssel und freien Eintritt. Sie kam, wann immer sie wollte. Außer ich wünschte keine Gesellschaft, dann musste ich einfach nur den Riegel von innen vorschieben. So lief das, so hatten wir es ausgemacht. Wenn sich die Tür nicht öffnen ließ, warum auch immer, ging sie zurück in ihre Wohnung, und es war gut. Ohne Groll. Wenigstens von meiner Seite aus. Aber an diesem Abend gestaltete sich das Problem andersherum. Wie sollte ich Berta loswerden, ohne dass sie einen Tobsuchtsanfall bekäme und mich vorübergehend hasste?

»Hallo«, sagte ich und warf den Mantel auf einen Stuhl nahe am Gasofen.

»Hallo, Liebster. Wie war's in der Arbeit?«

»Alles im grünen Bereich.«

»Setz dich doch, ich bringe gleich Kaffee und Kuchen.«

Ein leckerer Kaffeeduft lag in der Luft. Durch den Raum wabernder Kaffeegeruch und LSD-geschwängerter Bebop, der von den Wänden widerhallte. Früher hatte ich diese Musik gehasst. Ich hatte nicht gewusst, was diese Laute zu bedeuten hatten, die alle konventionellen Melodien beleidigten, an die ich gewöhnt war. Ich war musikalisch ein kompletter Ignorant. Berta brachte mir bei, diese Musik zu lieben. Wie ein Händler, der neue Kunden gewinnen will, schleuste sie all diese Platten Stück für Stück in mein Leben. Zuerst die verträglicheren, sanften, süßen. Dann die schwierigeren Stücke, die einem nicht gefallen, wenn man sie zum ersten Mal hört. Manchmal auch beim zweiten Mal noch nicht. »Das ist unser Soundtrack«, sagte sie immer. Ich für meinen Teil brachte ihr nur das Kaffeetrinken bei. Eine feine Verbindung übrigens, Jazz und Kaffee. Auch ziemlich klischeehaft, aber es gibt schließlich keine Romanze ohne Klischee. So waren wir eben.

»Magst du die CD wechseln?«, rief Berta aus der Küche.

»Die ist super. Wer ist das?«

»Lee Morgan.«

»Lee wer?«

»Morgan. Einer der jüngeren Bebopper. Die Kritiker sagen, das ist alles Hardbop. Aber das ist doch egal. Diese Einteilungen sind sowieso Schwachsinn. Was bringt es denn, den Dingen neue Namen zu geben? Hat er dir gefallen?«

»Lee Formann. Ein Schwarzer?«

»Morgan. Die Hautfarbe tut doch nichts zur Sache.«

»Sehr cool. Ist er Kreole?«

»Ist das wichtig? Kann ein Weißer kein Bebopper sein?«

»Doch, ich glaube schon. Ich frage nur aus Neugier. Ist er jetzt Kreole oder nicht?«

»Er war es, Herzchen. Er ist bereits vor einiger Zeit gestorben.«

»Wann? Riecht er schon schlecht?«

»Idiot!«, rief sie und fing an zu lachen.

Sie in der Küche, ich im Wohnzimmer, so unterhielten wir uns einige Zeit über Lee Morgan und seine Musik. Kaffee und Bebop. Oder Bop. Berta liebte das.

Und sie verstand etwas davon. Viel mehr als die meisten Kritiker in den Zeitungen und Zeitschriften. Das war der pure Atavismus, erklärte sie mir. Ihr Vater war verrückt nach Jazz gewesen. Schon als er klein war, erzählte sie mir. Aber er hatte nicht das geringste Talent, mehr zu werden als ein hoch qualifizierter Amateur. Er konnte nicht einmal pfeifen. Er wurde schließlich Klavierstimmer und arbeitete für das städtische Symphonieorchester. Außerdem für Theater, Clubs, Bars und Restaurants, die ein Klavier hatten. Schließlich sogar für Grillrestaurants. Er verdiente sehr wenig damit, vor allem weil Klaviere immer seltener wurden, Keyboards und Synthesizer aber immer zahlreicher. Das Problem war, dass er nicht nur Jazzliebhaber, sondern auch Liebhaber im gebräuchlicheren Wortsinn war. Wenn er keine Klaviere stimmte, stromerte er auf den Straßen herum und brachte sich in Schwierigkeiten. Verheiratete Frauen, alleinstehende Frauen, Kindermädchen, Verkäuferinnen, Hausmädchen, Studentinnen. Was sich eben so ergab. Berta hatte ihn sehr lieb. Er vererbte ihr eine super Vinylplatten- und CD-Sammlung und auch seine Art zu sprechen, von daher war er gar nicht tot. Er trieb es so weit, bis Bertas Mutter, die Ärztin und ein bisschen älter war als er, genug von ihm hatte und ihm den Laufpass gab. Er lief dann auch wirklich davon. Er war tief gekränkt und verschwand. Für immer.

»Bitte sehr«, sagte Berta und servierte Kaffee und den in Stücke geschnittenen Kuchen auf einem Tablett. Wunder über Wunder. Ich bin ein König, dachte ich und wünschte mir, dass sie sich auf meinen Schoß setzen würde. Fehlanzeige. Reiß dich zusammen, du roher Kerl. Ich bin der König von Babylon, dachte ich wieder, und mir fiel ein, wie schwer es sein würde, ihr zu sagen, dass sie bald hinaufgehen sollte. Wollte ich wirklich, dass sie hinaufging? Ich weiß nicht, ob ich es wollte, aber es musste einfach sein. Wie aber sollte ich es anstellen? Bertinha, meine Liebe, ich muss heute Abend noch jemanden vernaschen, alles klar? Nein, das konnte ich nicht tun.

»Was machst du denn für ein komisches Gesicht?«, fragte sie. Darin sind Frauen gut. Diese Art, jemanden zu beobachten, haben sie praktisch erfunden.

»Ich hab die Nase voll, Bertinha«, sagte ich und fiel wie ein Sack halb vergammelter Kartoffeln aufs Sofa. Ploff.

»Am zweiten Tag schon?«

»Ja, am zweiten Tag schon. Und deine Vorpremiere? Ist die nicht heute Abend?«

»Hab ich abgesagt.« Sie setzte sich auf meinen Schoß und küsste mich sofort auf den Mund. Konnte sie Gedanken lesen? Pass bloß auf und reiß dich zusammen!

»Berta!«

»Entschuldige«, sagte sie kokett und sprang zur Seite, aber nicht besonders weit weg. Ihr Schenkel berührte meinen. Sie hatte sehr schöne Schenkel, meine Berta.

»Willst du nichts essen?«, fragte sie und spitzte das Mündchen.

Sie sah mich fragend an, kindlich.

»Den Karottenkuchen, du Dummkopf«, lachte sie.

Berta wurde immer unwiderstehlicher. Wenn sie zu mir herunterkam, trug sie jene Kleider ihrer Mutter, die noch am ehesten vorzeigbar waren. Insgesamt waren sie aber alle sehr hässlich. Ich glaube, sie wollte darin älter aussehen. Sie hat eine unglaubliche, perfekte Figur. Sie ist fast so groß wie ich, hat braunes Haar, dessen Spitzen sich nach innen drehen, und braune Augen. Diesem Aussehen nach zu urteilen muss ihr Vater, den ich lediglich von einem ausgeblichenen Polaroidfoto kenne, auf dem er zwischen anderen Leuten steht, ein schöner und charmanter Mann gewesen sein. Denn Bertas Mutter ist ein sagenhafter Drachen. Ist sie hässlich? Sie ist unansehnlich, aber das ist nicht der Punkt. Die meisten Leute denken, Drachen wie Bertas Mutter seien einfach nur hässliche, abstoßende Frauen. Ich finde, das trifft es nicht. Bertas Mutter zum Beispiel ist keine ästhetisch abstoßende Frau, ihr fehlen nur jeder Funke Charme und menschliche Wärme.

»Bertinha, meine Liebe, heute Abend wirst du nicht bleiben können.«

»Nicht?«, fragte sie, zunächst ohne große Neugier.

Stille.

»Nur heute. Ich bekomme Besuch von ein paar Leuten.«

»Aha, ein paar Leute? Heißt Möse jetzt ›ein paar Leute‹?«

»Was hast du gesagt?«

»Nichts. Gib mir deinen Teller.«

»Ich esse noch.«

Sie war durcheinander und ging in die Küche, wobei sie meinen Teller mit dem fast unberührten Kuchenstück mitnahm. Nur die Kaffeetasse konnte ich retten.

»Bist du gerade allein? Ist deine Mutter wieder auf Geschäftsreise?«

»Sie ist fort, ja, aber es ist alles okay. Ich werde mir im Kabelfernsehen *Frühstück bei Tiffany* ansehen. Ich habe gedacht, wir könnten das hier zusammen schauen. Aber es ist kein Problem.«

Berta ging an mir vorbei zur Tür.

»Du musst nicht jetzt gleich gehen, Berta. Erst später.«

»Es ist besser so. Hast du schon daran gedacht, dass deine Freunde früher kommen und merken könnten, dass du pädophil bist?«

Ich lief ihr nach.

»Sei nicht blöd, Bertinha.«

Sie weinte, ihr Gesicht war schon ganz rot.

»Scheißpädophiler!« Sie versetzte mir einen rechten Haken, der mich fast an der Nase traf. Viel fehlte nicht.

»Das ist doch Quatsch.«

»Du schämst dich, dass du ein Kind magst. Du glaubst doch, dass ich noch ein Kind bin. Stimmt's?«

»Darüber haben wir schon gesprochen.«

»Das ist es, was du glaubst. Für dich bin ich immer noch dasselbe kleine Mädchen. Immer und immer und immer. Scheißpädophiler. Abschaum!«

»Ich mag dich sehr, Bertinha.« Ich versuchte sie in den Arm zu nehmen.

»Lass mich los«, schrie sie, »du Scheißpädophiler!«, und stieß mir das Knie in die Eier. Sie hatte kräftige Beine. Meine knickten ein, und ich fiel um

»Du kannst ja diese Kuh, die gleich zu dir kommt, um eine Schmerzsalbe bitten«, sagte Berta, schlug die Tür zu und rannte weinend hinauf in ihre Wohnung.

Sie war sonst nicht so. Aber je mehr Hormone sie im Körper hatte, desto eifersüchtiger wurde sie. Und desto schöner. Ich musste eine klare Haltung ihr gegenüber finden. Ich schleppte mich ein Stück weiter, bis ich mich wieder auf den Beinen halten konnte. Ich humpelte zur Küche und aß den Rest des Kuchens auf. Er lag auf dem Teller, den Berta in die Spüle geworfen hatte. Köstlich. Zum Fingerabschlecken.

9

Sophia kam um neun. Und genau um neun war ich auch fertig. Der Ofen war maximal aufgedreht. Ich hatte die Ankündigung, dass sie den Wein besorgen würde, vorsichtshalber nicht ernst genommen. Sie sah nicht so aus, als verstünde sie etwas von Wein. Es mag ein Vorurteil gewesen sein, aber sie schien mir zu den Leuten zu gehören, die den Wein nach dem Preis aussuchen. Sie hatte das mit dem Wein nur gesagt, weil sie dachte, er sei das ideale Getränk für romantische Augenblicke. Oder war es etwa kein Date, was ich jetzt vor mir hatte? Und wenn doch? Würde sie einen Sexathleten erwarten? Einen Wüstling? Der Wein. Zur Sicherheit hatte ich schon eine gute Flasche in meinem Hauswirtschaftsraum auf die richtige Serviertemperatur gebracht und außerdem Käse, Maronen und Haselnüsse vorbereitet. Dazu aus dem Inneren der Stereoanlage die besten Sänger, Kontrabassisten, Klarinettisten, Saxofonisten, Pianisten, Gitarristen, Schlagzeuger und Trompeter von Berta. Es war fast Mitternacht, und die Musiker waren schon ein bisschen betrunken, zerknittert und ungekämmt, als die Sprechanlage klingelte. »Auf geht's, Leute«, sagte ich zu den Musikern und ging ran.

»Herr Otto, hier ist eine blonde Frau, die sagt, sie muss mit Ihnen sprechen«, sagte der Portier.

»Lassen Sie sie raufkommen, Osmar.«

Das Gebäude war wie verlassen. Ich blieb neben meiner halb geöffneten Tür stehen und hörte, wie sich der Aufzug heraufbewegte, höher und höher stieg, seinem beharrlichen Automatismus gehorchend. Mit einem »Plim« kam er an.

Sophia stieg hinaus ins Dunkle. Den Kopf gesenkt. Sie lief schnell auf mich zu, umarmte mich und legte den Kopf an meine Schulter. Ein gutes Zeichen?

Ich führte sie in die Wohnung und machte die Tür mit dem Fuß zu. Alles filmreif. Wir blieben ein bisschen so stehen, umschlungen wie ein Ehepaar, das mitten auf der Tanzfläche eingefroren ist. Ich merkte, dass sie schluchzte.

»Scheiße«, sagte Sophia.

»Was ist passiert?«

»Ich habe deine Jacke vollgesabbert«, sagte sie und versuchte zu lachen.

Als ich mir Sophias Gesicht genauer ansah, trat ich einen Schritt zurück, als hätte ich versehentlich eine Leprakranke berührt. Lila Auge, geschwollene Nase.

»Was ist denn passiert? Bist du überfallen worden?«

»Das geht schon vorbei.«

»Ich bringe dich ins Krankenhaus«, sagte ich und griff nach Brieftasche, Schlüssel, Papieren, nach all diesen Dingen, die man zusammenpackt, wenn man schnell weg muss, um jemanden ins Krankenhaus zu bringen.

»Nein, nicht ins Krankenhaus.«

***

»Sie hat also Prügel bezogen von dem Kerl, den Sie getötet haben.«

»Ich habe ihn nicht getötet. Woher haben Sie das jetzt gewusst?«

»Dass Sie ihn nicht umgebracht haben?«

»Nein. Das mit den Prügeln.«

»Das war doch klar. Bis jetzt ist Ihre Geschichte ja dermaßen vorhersehbar. Ziemlich schwach, wenn ich ehrlich bin. Typ Achtuhrtelenovela.«

»Wenn Sie glauben, dass sie mich darum gebeten hat, sie zu rächen oder so etwas ...«

»Schon gut. Kennen Sie die nordamerikanische Literatur?«

»Nein. Ich mag keine Bücher, das habe ich doch schon gesagt. Ich habe vielleicht zwei oder drei gelesen.«

»Und Ihre narrativen Techniken? Also Sie machen mir Spaß!«

»Und Sie?«

»Ich lese eigentlich auch nicht mehr. Früher schon.«

»Sie, Herr Kommissar? Am Ende sind Sie noch ein verkappter Schriftsteller.«

»Warum denn nicht? Ach so, Sie sind der Meinung, dass Ignoranz zur Grundausstattung eines Polizisten gehört. Habe ich recht?«

Ich dachte darüber nach. Wie stellte ich es nun an, diesen Menschen nicht zu beleidigen?

»Sie kombinieren zu wenig«, sagte ich.

»Kurz nachdem ich zur Polizei gekommen war, sah ich einen Film über einen Bullen, der in seiner Freizeit Krimis schrieb, und das wollte ich auch. Ich wollte solche Bücher schreiben wie die, die ich als Kind gelesen hatte.«

»Schreiben Sie also tatsächlich?«

»In meiner Freizeit? Nein, nein. Da lasse ich mich lieber ins Kommissariat rufen und höre mir Geschichten wie Ihre an. Und Ihre Geschichte beginnt nun so ähnlich wie *Wenn der Postmann zweimal klingelt* von James M. Cain. Guter Autor. Innerhalb der Grenzen des Genres natürlich.«

»Kenne ich nicht.«

»Hab ich mir schon gedacht. Es gibt eine gute Verfilmung mit Jack Nicholson und Jessica Lange. Sehen Sie sich die an. Einen Film anzuschauen ist immer einfacher.«

»Gibt es im Gefängnis DVDs?«

»Erzählen Sie weiter. Und machen Sie's kurz, denn wegen Ihnen muss ich am Sonntag arbeiten. Wie Sie selbst gesagt haben: Ich könnte jetzt zu Hause sitzen und am Plot meines Romans arbeiten. Kann sein, dass die Welt wegen Ihnen einen großen Romancier verliert. Also weiter.«

***

Ich brachte Sophia ins Bad und kümmerte mich um ihre Wunden. Sie sagte keinen Ton, während ich ihre Verletzungen mit der größtmöglichen Vorsicht behandelte. Manchmal zitterte sie leicht, wenn die Watte mit einer der schlimmeren Wunden in Berührung kam.

»Entschuldige, dass ich so hier auftauche. Ich hätte absagen sollen. Aber ich wusste nicht, wohin.«

»Es ist gut, dass du gekommen bist. Ich habe ja auf dich gewartet«, versuchte ich zu scherzen.

Sophia fragte, ob sie duschen könne. Ich legte ihr saubere Handtücher, ein T-Shirt und einen alten Pulli zurecht. Vom Nasenbluten hatte ihre Bluse einige Flecken bekommen.

Als sie zurück ins Wohnzimmer kam, wirkte sie weniger niedergeschlagen. Aber das Auge war noch tiefer lila, und die Nase noch etwas dicker. Wir setzten uns vor dem Ofen auf den Boden. Ich schenkte uns Wein ein.

»Das wird dir guttun«, sagte ich und reichte ihr ein Glas.

Wir stießen an und nahmen beide einen Schluck. Sophia biss in ein Käsewürfelchen und kaute ewig darauf herum.

»War das dein Verlobter?«

»Mein Mann.«

»Dein Mann? Er ist befördert worden, und keiner erzählt mir etwas?«

»Ich wollte es nicht sagen. Immer wenn ich davon spreche, fangen die Leute an zu fragen, wer er ist, und dann ziehen sie sich von mir zurück. Ich hab's satt, allein herumzulaufen.«

»Wer ist er?«

»Anízio Corso, ein einflussreicher Bauunternehmer und sehr vermögend.«

»Nie von ihm gehört, tut mir leid.«

»Wirklich?« Sie schien zufrieden.

»Hmm.« Ich nahm noch einen Schluck Wein. »Seid ihr schon lange verheiratet?«

»Seit drei Jahren. Er ist einundsechzig.«

»Dann ist er ja Experte und hat schon ziemlich lange geübt. Deshalb prügelt er wahrscheinlich auch so gut. Kommt das oft vor?«, fragte ich und zeigte auf ihre Wunden.

»In letzter Zeit schon …«

Ich wollte sie fragen, warum eine Frau wie sie, oder überhaupt eine Frau, sich das gefallen ließ. Aber es war nicht mein Problem. Außerdem lag es ja fast auf der Hand. Es ging um Geld. Wir rückten näher an den Ofen.

»Du bist toll. Andere Typen hätten schon längst versucht, mich zu verführen.«

»Ich versuche es ja auch. Es ist mir nur noch nicht gelungen, mich verständlich zu machen.«

»Du bist lustig.«

»Das darf man nicht überstürzen. Außerdem gehe ich auf niemanden los, der schon blutend in mein Apartment kommt. Erst nach dem Verbinden.«

Wir lachten ein bisschen. Die Wärme, der Wein, diese Nähe zu einer wunderschönen Frau, die ich nicht einmal richtig kannte – all diese Faktoren hatten in der Kombination dafür gesorgt, dass mein Schwanz inzwischen stahlhart war. Die Jacke, die bis über die Hose reichte, half mir, es zu verbergen.

»Hast du Brot im Haus?«

»Weiß ich nicht.«

»Schau doch mal nach.«

Ich ging in die Küche und wand mich, um meinen herausragenden Körperteil zu vertuschen. Ich fand ein halbes Baguette. Es war nicht mehr taufrisch. Ich wärmte es im Ofen, bis es etwas präsentabler aussah. Ich schnitt es in Scheiben und servierte es auf einem Tellerchen so stilvoll wie möglich. Als ich ins Wohnzimmer zurückkehrte, nahm Sophia gerade einen großen Schluck Wein. Sie stand auf, kam auf mich zu, umarmte mich fest und ließ den ganzen Wein in meinen Mund laufen. Meine Hose zerriss fast.

Durch ein Manöver, das ich gar nicht richtig mitbekam, fielen wir beide auf den Teppich und blieben einige Zeit so ineinander verkeilt liegen. Ich hatte Angst, auf irgendeine verletzte Stelle zu drücken. Sophia zog sich die Kleider aus, die ich ihr geliehen hatte. Ich machte das Gleiche mit meinen. Ich war ein bisschen verlegen wegen meines Körpers – des Körpers eines nicht mehr ganz jungen Couch-Potatos. Sie sah göttlich aus. Ihre Brüste waren viel umwerfender, als ich gedacht hatte. Nicht sehr groß, aber prall und kompakt, die Brustwarzen lang und hell wie ihr kindlich-rosafarbenes Zahnfleisch. Sophia ließ etwas Wein über ihren Hals und in kleinen springenden Wasserfällen weiter nach unten tropfen und schickte meine Augen auf die Reise. Dann fing sie an, meinen nicht sehr muskulösen Körper mit ihrer überraschend beweglichen Zunge zu erforschen. Sie schob mich zur Seite, als hätte sie auf einmal die Lust an ihrem Spielzeug verloren, legte sich auf den Teppich, spreizte mit den Händen ihre Schenkel und streichelte sich sanft. In der Leiste hatte sie ein Schmetterlingstattoo. Ganz wenige dunkle Haare bedeckten ihre fantastische Möse mit den feinen, rosafarbenen Lippen.

***

»Und weiter?«

»Tut mir leid, Herr Kommissar, aber ab hier geht Sie das nichts mehr an.«

»Jetzt kenne ich schon die Möse der Kleinen, aber der Rest geht mich nichts an. Ganz schön verklemmt. Ist in dieser Nacht noch irgendetwas Besonderes passiert?«

»Ja. Etwas, das noch keine Frau mit mir gemacht hat.«

»Sophia hat Ihnen einen Finger in den Hintern gesteckt.«

»Sie hat sich meinen rechten großen Zeh in den Mund gesteckt und daran gelutscht wie ein Kind an seinem Eis.«

»Sie hat an Ihrem großen Zeh gelutscht?«

»Das ist ziemlich geil.«

»Wirklich? So eine Sau!«

»Sie sind wohl nicht so gut im Bett?«

»Wie kommen Sie denn darauf?«

»Entschuldigung. Aber diese letzten Dinge gehören eben zum guten Sex dazu. Guter Sex ist totale Hingabe, eine zügellose Vereinigung, ein Festival von Dingen, deren man sich schämen würde, täte man sie woanders als beim Sex. Haben Sie noch eine Zigarette?«

»Die sind aus«, sagte Sampaio und zerquetschte die blaue Schachtel seiner grauenhaften dünnen Glimmstängel.

»Tião!«, rief er.

Ein feister, riesengroßer Schwarzer kam an die Tür.

»Sie haben gerufen?«

»Nehmen Sie das hier«, sagte Sampaio und streckte dem Schrank ein paar Geldscheine hin. »Kaufen Sie eine Schachtel für mich und eine für sich.«

Ich überlegte, ob ich auch um ein Päckchen für mich bitten sollte. Aber dann dachte ich, das wäre vielleicht keine so gute Idee, und hielt den Mund.

»Na klar. Ihre Marke heißt Chancheler, nicht?«, fragte Tião.

»Chanceler, Tião.«

»Klar, Doktor. Bin ruck, zuck wieder da.«

Tião ging, und Sampaio wandte sich wieder mir zu. Er bog die Finger durch und ließ den Kopf nach beiden Seiten kreisen.

»Alles klar. Erzählen Sie weiter.«

»Ich habe Ihnen doch schon gesagt, das geht Sie nichts an. Der Rest war wie in jeder beliebigen Nacht, in der ein Paar zum ersten Mal miteinander fickt.«

***

Der Rest war wie in jeder beliebigen Nacht, in der ein Paar zum ersten Mal miteinander fickt. Sophia besaß die Energie ihrer vierundzwanzig Jahre, und ich versuchte im Rahmen meiner Möglichkeiten mitzuhalten. Gegen Morgen ruhten wir uns ein wenig aus. Wir saßen rauchend in einem Sessel beim großen Fenster, eingewickelt in eine Decke, das Fenster geschlossen. Ich streichelte ihr kurzes, vielfarbiges Haar.

»Warum macht er so was?«

»Mich schlagen?«

»Ja, dich schlagen.«

»Was weiß ich. Er hat immer einen Grund.«

»Was war dieses Mal der Grund?«

»Er wollte verreisen. Sein Flug ging um neunzehn Uhr. Aber er fuhr nicht rechtzeitig zum Flughafen. Er blieb zu Hause, und ich war so dumm, ihn zu fragen, ob er gar nicht mehr fahren würde. Anízio ist sehr eifersüchtig. Er wurde misstrauisch und dachte, ich hätte irgendwas vor. Und das stimmte ja auch. Nur dass er keinen Anlass hatte, irgendetwas zu vermuten. Dann wurde er zur Bestie, und das Durcheinander begann.«

»Und was wird passieren, wenn du nach Hause kommst? Steigt ihr wieder in den häuslichen Ring und geht in die zweite Runde?«

»Nein, jetzt ist alles anders. Nachdem er mich geschlagen hat, weint Anízio stundenlang. Es tut ihm leid.«

»Und du?«

»Ich fahre durch die Stadt. Das Zurückkommen ist kein Problem. Außerdem ist er am Ende doch noch weggefahren, nur eben später als geplant.«

»Er wird herausfinden, wo du bist, und jemanden schicken, der dich verfolgt.«

»Möglich. Aber er weiß, dass ich mein Handy ausschalte, wenn ich traurig bin. Wenn ich allein herumfahre, kann er mich nicht erreichen.«

»Du fährst einfach so durch die Stadt?«

»Ja, das ist meine kleine Rache. Eine Sache, die ihn total verrückt macht. Er muss Höllenqualen durchleiden, wenn er sich vorstellt, wie ich andere Männer ficke.«

»Eine schöne Vorstellung, solange ich diese anderen Männer bin.«

»Wenn ich daheim anrufe, wird er weinen und mich um Verzeihung bitten. Dann sage ich, dass ich durch die Stadt gefahren bin, um mich zu beruhigen, und er wird sagen, dass alles gut ist und dass es nie wieder passieren wird etc.«

»Machst du das wirklich?«

»Herumfahren?«

»Ja.«

»Ja, jedes Mal. Ich tanke voll, und dann fahre ich los und höre dabei Musik. Ohne Ziel und ohne auf die Uhr zu sehen. Ich fahre, bis die Sonne aufgeht.«

»Was für Musik hörst du?«

»Ach, irgendetwas Romantisches.«

»Und ist das gut?«

»Die romantische Musik?«

»Nein, einfach so herumzufahren.«

»Gar nicht. Ich komme mir vor wie ein Geist, wie eine verlorene Seele. Du müsstest das einmal ausprobieren, nur um zu erfahren, wie ich mich fühle.«

»Ich überleg's mir.«

»Ich mag es, wie du mein Haar streichelst, es ist, als ob wir immer noch ficken würden«, sagte sie und gab mir einen langen, zarten Kuss.

So knabberten wir uns einige Zeit gegenseitig an den Lippen herum.

»Morgen komme ich nicht zum Malkurs«, sagte sie und trennte unsere Münder. »So kann ich nicht auf die Straße gehen.« Sie zeigte auf ihr von den Schlägen entstelltes Gesicht.

Jeder würde einen Kerl, der zu so etwas fähig ist, umbringen, dachte ich.

Schweigen.

»Darf ich dich anrufen?«, wollte ich wissen.

»Nein, das ist zu gefährlich. Du hast ja gesehen, wie gewalttätig er ist.«

»Gewalttätig dir gegenüber. Ich persönlich scheiße auf Anízio.«

»Aber ich nicht. Ich mag nicht mal daran denken, was er mit dir anstellen würde. Lass mich dich anrufen, okay?«

»Blödsinn. Gib mir deine Nummer.«

»Nein, ich hab's dir doch schon gesagt. Ich rufe dich an. Vertrau mir, okay?«

»Ach, das ist doch Quatsch.«

»Ist das nun okay für dich oder nicht?«

»Okay.«

Sophia zog die vollgebluteten Kleider wieder an, die im Badezimmer lagen. Sie frisierte sich und erneuerte einen Teil des Make-ups mit der kleinen Auswahl an Dingen, die Frauen immer in der Tasche dabeihaben.

»Wahrscheinlich sollte ich noch mal duschen. Ich rieche wahrscheinlich nach Otto. Ich mag dein Eau de Toilette.«

»Dann nimm doch eine Dusche.«

»Nein, es ist ziemlich kalt da draußen«, sagte sie und umarmte mich an der Tür.

»Ich begleite dich.«

»Du bleibst hier. Ich nehme deinen Duft mit.«

»Gib mir einen Kuss. Noch einen. Und noch einen.«

»Ich rufe dich morgen an«, sagte sie zum Abschied.

Sophia ging fort. Ich blieb an der Tür stehen und lauschte dem Aufzug, der durch das stille Gebäude fuhr. Ich wartete noch ein bisschen, um zu sehen, ob einer der Hausgeister erscheinen würde. Nichts. Nie sah ich sie, obwohl die Nachbarn darüber tuschelten. Türenschlagen, Stöhnen, Schritte auf der Feuerleiter. Jetzt hörte ich die weit entfernten Schritte von Sophia unten beim Portier. Sie störten die Grabesruhe dieses Hauses.

Ich ging zurück ins Wohnzimmer. Dort war es kalt geworden. Ich machte den Ofen noch einmal an. Dann packte ich eine neue Leinwand aus und stellte die halb verstaubte Staffelei auf. Ich öffnete ein paar neue Farbtuben, nahm Lösungsmittel, einen Lappen, die

Nesquick-Dose mit meinen weich gewordenen Pinseln (jeder hat seine Lieblingspinsel), und zwang Ron Carter dazu, seine Finger noch ein wenig am Kontrabass zu quälen. Er bat mich um eine Pause. Nichts da, mach gefälligst deine Arbeit. Du spielst, ich male. Zum ersten Mal seit langer Zeit war mein Kopf leer genug, und ich konnte mit lockerer Hand frei malen. Als mir mein Augusthimmelgrau wieder nicht gelang, experimentierte ich mit Ocker, Kupfer und einem Sonnenuntergangsorange herum. Ich spielte mit krummen Linien, die mich an ein kompliziertes Gerüst auf einer großen Baustelle erinnerten. Es sah gut aus. Ich behielt die Gerüststrukturen bei und versuchte sie mit Blau zu übermalen. Auch das gefiel mir. Beim zweiten Abspielen der acht CD-Spuren hörte Carter endlich auf zu jammern und legte los.

10

Berta blieb eine ganze Woche lang verschwunden. In ihrer Wohnung war niemand. Sie hatte das Handy ausgeschaltet, und weder Hausmeister noch Portier wussten, wo sie steckte. In dieser Zeit trafen Sophia und ich uns jeden Abend bei mir, immer nach dem Unterricht. Meine Schüler zogen ihre Schlüsse und beobachteten uns entweder komplizenhaft oder verächtlich. Nur die dicke Pati nicht. Sie feuerte tagelang aus ihren blauen Augen auf mich. Es war mir egal, und ich versuchte ihr das durch meine Blicke klarzumachen. Dann gab auch Pati den Kampf irgendwann auf. Aber sie sprach trotzdem nicht mehr mit mir.

Jede Begegnung mit Sophia war immer noch intensiver als die vorherige. Ich lief mit Augenringen, so schwarz wie chinesische Tinte, schlackernden Gelenken, Muskelschmerzen, blauen Flecken und wundgescheuertem Penis herum. Aber ich war sehr glücklich. Es war vielleicht die glücklichste Woche meines Lebens. Draußen auf der Straße atmete ich tief durch, grüßte Leute, die ich nicht kannte, verteilte Münzen an die Bettler vor der Kathedrale, kaufte Popcorn für die Tauben auf dem Praça dos Poderes. Bis sich dieses kaiserliche Leben schlagartig änderte.

***

»Es änderte sich?«

»Wie ein Wetterumschwung.«

»War das, als Sophia Sie um Hilfe bat?«

»Nein. Es war an einem Nachmittag, als es etwas wärmer wurde.«

***

Es war an einem Nachmittag, als es etwas wärmer wurde, oder zumindest so warm, dass das Wetter sich änderte und der Regen wieder anfing. Sophia war nicht im Centro Popular de Cultura erschienen. Sie hat die Nase voll davon, die Geliebte eines ärmlichen Künstlers zu sein, dachte ich. Ich wartete auf sie. Es machte mich traurig, dass ich anscheinend schon so früh von ihr Abschied nehmen musste, aber ich hatte mich bereits fast an den Gedanken gewöhnt, als sie am folgenden Nachmittag, eben jenem bestimmten, wieder nicht zum Unterricht kam. Ich dachte, ich würde sterben, wenn sie mich nun tatsächlich verließ. Ich stellte mir vor, ich müsste elend verenden wie diese Heroinabhängigen, die von einem Tag auf den anderen zum Entzug gezwungen werden. Aber ich starb nicht. Ganz und gar nicht.

Ich fühlte mich sehr einsam in jenen Tagen. Die Einsamkeit brachte mich dazu, nachzudenken. Ich zog die Bilanz meines Lebens, die Summe der guten, schlechten und mittelmäßigen Entscheidungen, die mich bis zu jenem Moment meines Lebens geführt hatten. Wir sind nicht mehr als der positive oder negative Saldo der Summe unserer Entscheidungen, das hatte ich in einem Film gehört. Während einer dieser philosophischen Exerzitien stellte ich fest, dass ich eine unvorstellbare Sehnsucht nach Berta hatte. Das tat mir wirklich weh. Ich schickte eine Schachtel Pralinen in ihre

Schule. Es war kein mieser Trick, um mich an das verliebte Mädchen heranzumachen. Es war ein Gnadengesuch. »Ich sterbe, ich brauche dich«, schrieb ich auf das Kärtchen, knapp und unverblümt. Und wirkungsvoll.

Es regnete ziemlich stark. Der Wind, der vom Fluss heraufkam, brüllte wie ein verwundetes Tier, das seinen Bau sucht. Er fegte alles über den Haufen, was sich ihm in den Weg stellte, mit einer Kraft, die Fensterscheiben zersplittern konnte. In jener Nacht, der zweiten ohne Sophia, kam Bertinha zu mir in die Wohnung, und ich konnte nicht verhindern, dass sie mich stürmisch küsste. Sie roch nach einem intensiven, süßlichen Parfum, und zum ersten Mal trug sie nicht die Kleider ihrer Mutter. Sie hatte ihre normalen, sehr hübschen und originellen Klamotten an, mit denen sie auch zur Schule ging. Ich dachte, sie würde mir sagen, dass sie fast gestorben sei vor Sehnsucht nach mir. Aber es war anders.

»Wenn du mich heute nicht vernaschst, gehe ich runter zu Osmar und mache es mit ihm auf dem Tisch in der Portiersloge.«

Das Unglück ihrer fünfzehn Jahre, dachte ich und küsste sie wieder. Und dann fingen wir an. Berta war sehr schön ohne Kleider, sie hatte große Brüste, größere als Sophia, und dunklere Brustwarzen. Ihre Haut duftete intensiv und einladend und versetzte mich in eine Art Alarmzustand. Ich hatte Lust, sie zu beißen. Sie rasierte sich noch nicht perfekt und hatte vom vielen Fast Food ein kleines Bäuchlein. Aber alles war harmonisch und verführerisch. Ein perfektes Gesamtbild. Jede Bewegung ihres Körpers war grazil und spontan zugleich, wie eine Choreografie, die so perfekt ist, dass sie nicht einmal wie eine Choreografie wirkt. Ich dachte an eine klassische Inszenierung des *Schwanensees*, die ich in New York gesehen hatte. Berta hatte zwei Orgasmen während unseres Vorspiels unter der Dusche. Nur der Hauptteil funktionierte nicht. Sie cremte uns mit einer Intimlotion ein, die sie gekauft hatte. Wir versuchten alles Mögliche, aber ich konnte meinen Schwanz nicht einführen. Als es mir doch gelang, schrie sie vor Schmerz. Also hörten wir auf. Wir wiederholten die Operation, bis ich nicht mehr konnte. Sie war enttäuscht. Sie weinte ein bisschen. Aber sie war glücklich. Sie hatte mich schon lange darum gebeten. Um Mitternacht waren wir schon wieder angezogen und kochten Spaghetti mit Tomatensoße, feinen Provolonespänen und frischen Basilikumblättern.

»Bin ich total unfähig? Eine sexuelle Katastrophe?«, wollte sie wissen.

»Beim nächsten Mal entkommst du mir nicht.«

Wir lachten ein bisschen. Ich trank Wein, Berta Coca-Cola. Sie wollte eine meiner Zigaretten rauchen, aber ich erlaubte es ihr nicht.

»Ach, Otto. Sex ohne Zigarette danach ist kein Sex.«

»Sex ohne Penetration auch nicht.«

»Aha, Herr Sexologe. Und lesbischer Sex?«

»Lesbischer Sex ist lesbischer Sex.«

»Und Oralsex?«

»Ist bei Kannibalen nicht empfehlenswert.«

Wir waren noch immer dabei, die Probleme der nicht vollzogenen Penetration zu diskutieren, als sich die Sprechanlage meldete.

»Otto, hier ist wieder die Blonde.«

Verdammter Mist, dachte ich und atmete tief durch.

»Schicken Sie sie rauf, Osmar.«

Bevor Berta ausflippen konnte, redete ich auf sie ein. Sophia musste schon im Aufzug sein. Ich wusste, dass das die Angelegenheit nicht viel besser machen würde, aber ich musste es wenigstens versuchen.

»Berta, hör mir gut zu.«

»Ich habe schon verstanden. Du schickst mich weg, weil dieses blonde Flittchen raufkommt. Ich habe die Schlampe schon hier rausgehen sehen. Und reingehen.«

»Nein, das stimmt doch so gar nicht.«

»Kommt sie denn nicht gerade rauf? Ist sie das etwa nicht?«

»Doch, sie ist es. Aber du musst nicht gehen.«

»Nicht?«

»Nein, bleib hier. Ich möchte, dass du bleibst.«

»Wirklich?«

Sie strahlte.

»Sie heißt Sophia.«

»Und weiter?«

»Sie hat Probleme.«

»Was für Probleme? Furor uterino? Den habe ich auch.«

»Nein, Berta. Sie hat Probleme zu Hause. Sie kann dort nicht bleiben. Sie hat Angst, genau wie du.«

»Wie ich? Vergleichst du mich mit dieser Schlampe?«

Berta rührte immer weiter in den Töpfen.

»Du bist doch in meine Wohnung gekommen, weil du dich allein bei dir oben gefürchtet hast.«

»Falsch. Ich bin hierhergekommen, weil ich mit dir schlafen wollte. Es hat nicht geklappt, weil mein

Hymen aus Stahl ist, aber was zählt, ist der Versuch. Zumindest manchmal.«

Wir hörten den Aufzug langsam in seinem Schacht heraufkeuchen, das Leiden des Flaschenzugs und seines trockenen Getriebes, ausgefranste Stahlseile, alte Keilriemen. Ich stellte mich neben den Aufzug und versuchte die Traurigkeit einer solchen Existenz zu ermessen. Jahrzehnte des Hinauf- und Hinunterfahrens, ohne das Sonnenlicht je zu erblicken, wie ein Sklave in einer Kohlenmine oder beim Bau der Pyramiden. Wobei die Erbauer der Pyramiden das Tageslicht vielleicht sogar zu deutlich erblickt hatten. Aber die Monotonie ihrer brutalen Anstrengung war dieselbe. Ebenso die Unmöglichkeit, wegzukommen, frei zu sein, denn alles geschah unter Zwang. Es ist schon erstaunlich, was für Blödsinn mir einfällt, wenn ich in Schwierigkeiten stecke. Dieser Unsinn nimmt solche Ausmaße an, dass er immer noch weiterlebt, wenn die Schwierigkeiten schon längst vorbei sind. Ob es anderen auch so erging? Den Erbauern der Pyramiden zum Beispiel?

»Berta, bitte keine Szene.«

Sie schnaubte.

»Es ist besser, wenn du allein mit ihr sprichst«, sagte sie.

Sie ließ den dampfenden Spaghettitopf und die Kasserolle mit der einladend blubbernden Tomatensoße stehen. Sie war wütend. Ich wollte sie aufhalten, aber alles, was ich erreichte, war ein weiterer Kick in die Eier. Ich krümmte mich zusammen, während Berta über die Treppe nach oben verschwand.

11

Ich war schon wieder etwas zu Luft gekommen, als Sophia erschien und mich zu einem Spaziergang einlud. Sie wollte meine Wohnung nicht einmal betreten. Ich nahm meinen Mantel, schaltete die beiden Herdplatten aus, und wir gingen los.

Mein Viertel ist heute nicht gerade sicherer als damals, als all die netten Opas und Omas der Stadt hier wohnten, aber ich gehe weiterhin zu jeder Tages- und Nachtzeit spazieren. Wenn ich eines Tages wegen der Straßendiebe zweimal überlegen muss, bevor ich mich aus dem Haus wage, ziehe ich lieber in eine andere Stadt, habe ich mir vorgenommen. Es sah so aus, als ob Sophia genauso dachte. Dafür bekam sie von mir ein paar Pluspunkte extra. Wir marschierten los in Richtung des Krankenhauses Santa Casa de Misericórdia. Wir gingen stumm nebeneinander her, kamen an Bettlern vorbei, die mithilfe von Ethanol und Unterständen aus Pappe, die sie sich unter den Vordächern gebaut hatten, die Kälte zu überstehen versuchten. Aufgrund des neuen Stadtentwicklungsplans gab es immer weniger von diesen Dächern.

Sophia hatte sich bei mir untergehakt. Sie trug ein Kopftuch, einen bis zu den Knöcheln reichenden Mantel und ein Wolltuch, das sie sich über die Nase gezogen hatte. Der Regen ließ nach und bescherte uns einen fast europäisch kalten Nachtspaziergang. Unsere Schritte hallten laut auf dem Pflaster wider und durchschnitten mit ihrem »Plak, plak, plak« die Nacht. Die Straßen waren um diese Zeit fast frei von Autolärm, Hupen, Motoren, Sirenen, Reifenquietschen und Beschimpfungen, denn es herrschte kaum Verkehr. Erst gut zwanzig Minuten nach unserem Aufbruch sprach Sophia ihren ersten Satz.

»Magst du Hotdogs?«

Natürlich mag ich Hotdogs, wollte ich sagen. Ich lächelte, aber meine Zähne taten mir wegen des Eiswindes weh. Ich liebe Spaziergänge, aber die Kälte in jener Nacht war fast mehr, als ich ertragen konnte.

Wir kamen zu dem Hotdog-Stand, der ein Postkartenmotiv und so etwas wie ein Wahrzeichen der Stadt ist. Die Leute standen davor Schlange. Sogar um diese Uhrzeit und bei diesen Temperaturen. Mir fiel ein, dass mein Vater, als ich klein war, im Scherz gesagt hatte, die würden wohl irgendetwas in ihre Würstchen mischen. »Die Leute sind süchtig danach«, sagte er und machte sich über den konstant hohen Umsatz dieses Standes, der älter ist als ich, seine Gedanken. Man sagt, dass der Besitzer seit vielen Jahren schon in einem luxuriösen, mit Skulpturen und Orientteppichen vollgestopften Penthouse lebt und von dort aus den Finanz- und Immobilienmarkt studiert, während seine Angestellten Würstchen, Zwiebelsoße und alle möglichen Kräuter in die Spezialbrötchen packen, die immer noch sanft und auf ganz altmodische Weise über Dampf erwärmt werden und den großen internationalen Imbissketten Paroli bieten.

Wir bestellten jeweils einen Hotdog mit zwei Würstchen und eine Dose Coca-Cola, die uns noch mehr frieren lassen würde. Wir setzten uns auf eine Bank beim Taxistand und begannen zu essen. Ich hätte zwar Bertas Spaghetti vorgezogen, aber die Hotdogs waren auch fein.

»Ich muss dir was erzählen«, sagte Sophia zwischen einem Bissen und einem Schluck Cola.

Sie würde mir den Laufpass geben. Jetzt war es also so weit. Ich hatte es schon erwartet. Frauen langweilen sich immer irgendwann mit einem Mann, wenn er sich nicht vorzeitig davonmacht. Manche Frauen sind zumindest am Anfang bereit, uns bis ans Ende ihrer Tage auszuhalten. Andere nehmen sich lieber den Nächstbesten. Jedenfalls langweilen sie sich alle. So läuft das nun mal. Ich erwartete also das Urteil.

Sophia strich mir mit der Hand übers Gesicht. Ihre eisigen Finger rochen nach Senf und Zwiebelsoße. Ich hatte Lust, hineinzubeißen.

»Ich halte es nicht mehr aus, Otto. Ich werde fortgehen müssen.«

Das klang nicht nach einer Einladung. Ich wusste, was eine Einladung war, und dass ich in diesem Fall nicht eingeladen war, mitzugehen. (Irgendwann am Beginn meines Erwachsenenlebens hatte ich eine Einladung ausgeschlagen, zurückgezogen in einem Haus in den Bergen mit einer Frau zu wohnen, die wie ich Kunst machen wollte.) Hier wurde ich zu gar nichts eingeladen. Aber auf irgendeine Weise hatte es doch mit damals zu tun. Ich spürte, dass mir hier eine Nebenrolle angeboten wurde. Hätte Sophia mich eingeladen, mit ihr zusammen zu verschwinden, und wenn es nach Paris gewesen wäre, so hätte ich ihr zu erklären versucht, dass sie zwar die Frau meines Lebens war und ähnlichen Quatsch, ich aber doch auf seltsame Weise ziemlich zufrieden war mit meinem kleinen Provinzdasein. War das denn wirklich zu glauben? Ja, es war tatsächlich so, dass ich Berta mochte, dass ich meine Wohnung mochte, dass ich meinen Freund Teo mochte, und noch dazu hatte ich jetzt sogar einen Job. Im Grunde braucht man doch sowieso sehr wenig zum Glücklichsein. Die Hindernisse stellt meistens die eigene Fantasie dazwischen. Denn die Erfüllung ist immer näher, als man auf den ersten Blick glaubt. Bei mir war das nicht anders. (Ich habe diese These einmal einem Freund vorgetragen, der Psychoanalytiker ist, und er sagte, das sei keine These, sondern ein Charakterzug: Konformismus.) Jetzt aber lag ein Hilferuf in Sophias Blick und in ihrer Hand, die plötzlich in meinem Gesicht erstarrte. Man hat mir schon oft gesagt, ich hätte einen Sensor für Hilferufe eingebaut.

***

»Sie hätten abhauen können«, sagte Sampaio.

»Stimmt. Aber ich bin nicht abgehauen.«

»Falsche Entscheidung.«

»Das ist nicht so einfach.«

»Nicht? Ist es nicht einfach, zu entscheiden, ob man lieber sein normales Leben weiterleben oder sich in einen Doppelmord hineinziehen lassen will?«

»Da war jemand, der mich um Hilfe bat.«

»Es war doch nicht Ihr Problem.«

»Wer sagt das?«

»Der gesunde Menschenverstand.«

»Mir wird nachgesagt, dass ich einen Sensor für Hilferufe habe.«

»Das haben Sie mir schon gesagt, dass man Ihnen das nachsagt.«

Wir schwiegen, und da kamen plötzlich die Schreie aus diesem Raum irgendwo in unserer Nähe zurück. Sie klangen nun etwas dumpfer, als sei der Mann inzwischen müde geworden.

»Wenn Sie ein einfaches Leben führen, mit überschaubaren Zielen und geringen Erwartungen, dann ist es für Sie normal, dass Sie einem anderen Menschen helfen, genauso normal, wie wenn Sie Zigaretten kaufen gehen. Wenn Sie können, dann helfen Sie einfach. Wenn nicht, dann hat der Betroffene eben Pech. Man stirbt vor Hunger, aber nicht, weil einem die Zigaretten ausgegangen sind. Wenn Sie Zigaretten kaufen können, kaufen und rauchen Sie sie. Wenn Sie hartherzig sind und jemandem die Hilfe verweigern, kann das für diesen Menschen unter Umständen sein Ende bedeuten. Dabei spielt es keine Rolle, wie verdorben dieses Leben vielleicht war.«

»Ziemlich philosophisch für jemanden, der keine Bücher mag. Aber Sie haben recht«, sagte Sampaio und pulte den Dreck unter dem Nagel seines rechten Zeigefingers mit einem Schlüssel heraus. »Leuten zu helfen ist für viele Menschen ganz normal«, fuhr er fort. »Vor allem Frauen zu helfen.«

»Verbrechen zu bekämpfen heißt auch Leuten zu helfen.«

»Sie haben recht«, sagte Sampaio. »Aber dafür wurde der Staat erfunden, um sich darum zu kümmern. Und der Staat hat Institutionen erfunden und Leute, die von diesen Institutionen finanziert werden, sodass sie nicht auf den guten Willen von irgendwem angewiesen sind.«

Allmählich fühlte ich mich mit diesem Polizisten wohl. War das nun das berühmte Stockholm-Syndrom, über das ich einen Artikel gelesen hatte? Ich fuhr mit meinem Bericht fort.

»Wissen Sie, in dem Moment, als ich die eisigen Finger von Sophia in meinem Gesicht spürte …«

»Am Hotdog-Stand?«

»Genau …«

»Diese Fingerchen, die nach Soße rochen und wie Würstchen aussahen. Sie haben bereits davon gesprochen.«

»Da verstand ich, dass ich eigentlich so gut wie nichts von ihr wusste. Ich wusste – oder bildete mir ein zu wissen –, dass sie einen gewalttätigen, autoritären Mann hatte, der fast vierzig Jahre älter war als sie. Und dass sie gern malte und gern nachts mit ihrem Sportwagen durch die Gegend fuhr. Das war alles.«

»Ich will Sie nicht kränken, aber ich glaube ja, dass diese Frau eine Nutte war. Das ist nur so eine Vermutung. Verzeihen Sie, es ist klar, dass Sie sie gemocht haben. Aber genauso klar ist es, dass sie eine Nutte war.«

»Glauben Sie wirklich?«, fragte ich ehrlich erstaunt.

»Das liegt doch auf der Hand, Herr Maler. Glauben Sie mir.«

»Nein, das glaube ich nicht. Es ist mir jedenfalls nicht aufgefallen. Ich stellte mir allerdings schon vor, dass sie aus einem eher bescheidenen Milieu kam und schon einiges erlebt hatte.«

»Das ist bei neunundneunzig Prozent aller Nutten so …«

»Dann tauchte dieser Typ auf wie ein Geschenk des Himmels, ein Rettungsanker in all dem Schlechten um sie herum.«

»Was wiederum nur einer sehr kleinen Minderheit von Nutten passiert …«

»Und dann wurde mir klar, dass das alles nun nicht mehr zählte.«

»Es ist das Allerunwahrscheinlichste, dass sie auf einen Maler wie Sie treffen.«

»Oder dass, wenn es doch noch zählte, nun keine Zeit mehr war.«

»Es ist immer Zeit.«

»Nein, in dem Fall nicht. Sie war gerade erst in mein Leben getreten und schon wieder dabei, es zu verlassen. Ich kenne diesen Prozess. Das ist mit den Bildern ganz ähnlich.«

»Mit den Bildern?«

»Ja, mit den Bildern. Manchmal habe ich eine super Idee. Ich habe das Gefühl, drauf und dran zu sein, das Werk zu malen, das meine Karriere verändern wird. Aber die Idee kommt in einer so wilden Phase und ist so flüchtig, dass ich nicht einmal Zeit habe, auch nur einen rudimentären Entwurf aufs Papier zu kritzeln, bevor sie wieder verschwindet, die Idee.«

Sampaio seufzte und betrachtete seine alten Schuhe. Er ließ unendlich viel Zeit verstreichen.

»Seien Sie ehrlich, Otto. Ich werde Ihnen glauben. In jener Nacht am Hotdog-Stand bat Sophia Sie, ihr dabei zu helfen, Corso zu ermorden. Stimmt's?«

Sampaio und ich wussten beide, dass das Ergebnis unserer ganzen geschwätzigen Unterhaltung mein Schicksal nicht beeinflussen würde. Jemand hatte Fürsprache für mich eingelegt, im besten Sinn des Wortes. Ich war gerettet. Aber Sampaio musste es einfach wissen. Es war, als ob er mir zeigen wollte, dass er ein

Recht darauf hatte, und dass er dieses Recht einfordern würde, auch wenn er wusste, dass er im Grunde ohnmächtig war. Ich blieb stumm und dachte nach.

»Also, hat sie Sie darum gebeten, ihren Ehemann zu töten oder nicht?«

»Nein. Sie hat mich gebeten, ihr bei der Flucht zu helfen.«

»Bei der Flucht?«

»Auf dem Heimweg erzählte sie mir von ihrem Plan. Und als wir, über die Brüstung des Viadukts gebeugt, eine letzte Zigarette rauchten, war sie damit fertig.«

»Und was hat Corsos Tod mit diesem Plan zu tun?«

»Nichts.«

***

Sophia hatte die Hälfte ihres Hotdogs in den Müll geworfen, und ich war immer noch damit beschäftigt, Würstchen und Coca-Cola aufzustoßen, als sie ihren Plan fertig erzählte. Er war ganz simpel, wie alle genialen Ideen oder großen Lügen. Je einfacher, desto kleiner ist der Spielraum für Fehler. Sie hatte ein ganzes Jahr über Geld zur Seite gelegt. Ihr Mann war so reich, dass er von den diskreten, aber konstanten Abzweigungen nichts mitbekam. Sie schlug im Supermarkt über die Stränge, im Fitnessstudio, beim Shopping, bei Wohltätigkeitsveranstaltungen, beim Essen mit Freundinnen, beim Zahnarzt, im Blumenladen, in der Apotheke, bei neuen Handys und sogar bei den Geschenken, die sie für ihn kaufte: Hemden, Brieftaschen, Krawatten, Schuhe, Reisetaschen, Stereoanlagen. Es waren kleine Unterschlagungen – das heißt klein für das Umfeld, in dem sie lebte. So brachte sie genügend Geld für ihre Flucht zusammen. Sie hätte einfach ein Flugzeug nehmen können. Aber sie wollte es den Verfolgern nicht so leicht machen. Corso war schlau und hatte einen langen Atem. Er wäre ihr gefolgt. In dem ganzen Plan bestand mein Part nur darin, ihr dabei zu helfen, die Grenze zu erreichen. Sie erzählte mir das alles ganz ruhig, während wir beide an der Brüstung des Viadukts lehnten.

»Übermorgen gehe ich normal aus dem Haus, als wollte ich wie jeden Tag zum Malkurs. Wir treffen uns in einer Garage, wo du mit deinem Auto auf mich wartest.«

»Mit meinem Auto?«

»Ja. Geht das nicht?«

»Doch, klar ...«

Ich hatte Sophia noch nicht erzählt, dass ich gar kein Auto besaß. Aber ich dachte, ich könnte eines organisieren. Ich bat sie, weiter über ihren Plan zu sprechen.

»Dann fahren wir zusammen bis an die Grenze zu Uruguay.«

»Das sind etwa acht Stunden. Vielleicht zehn.«

»Ich weiß. Aber wir fahren zeitgleich zum Unterrichtsbeginn los. Du musst eben an diesem Tag schwänzen.«

»Schwänzen ...«

»Was hast du denn?«

Ich hatte schon geglaubt, sie würde gar nicht an meinen Job denken.

»Geht das?«

»Das ist das geringste Problem. Und dann?«

»An der Grenze, in Artigas, ist deine Mission zu Ende, Otto. Du könntest mitkommen, wenn du wolltest. Aber ich glaube, du willst gar nicht.«

»Das glaubst du?«

»Du magst mich, ja. Aber du brauchst das andere genauso. Ist es nicht so?«

Ich antwortete nicht.

»Es ist okay. Irgendwann werden wir uns wieder treffen. Ich wollte dir nur noch sagen, dass ich dich liebe, aber das hört sich jetzt ein bisschen kitschig an, nicht?«

»Liebe ist immer kitschig. Du kannst es also ruhig sagen.«

»Wir werden uns irgendwann wiedersehen, Otto.«

»Klar. Vielleicht schon bald.«

»Ich wollte dir noch etwas sagen.«

»Über Artigas?«

»Nein, darüber, dass ich dich liebe.«

»Aha …«

»Hast du gewusst, dass ich von deinem Geruch träume? Ich habe sogar eine Flasche von deinem Eau de Toilette gekauft und meine Kleider damit eingesprüht.«

»Wirklich?«

»Ja, aber es ist trotzdem nicht dasselbe.«

»Das Geheimnis ist, sich nicht zu waschen«, sagte ich mit dünnem Stimmchen.

»Wenn ich an deinen Mund denke, dann spüre ich so ein Kribbeln … Hast du das gewusst? Es ist so wunderschön. Deine Stimme, die Art, wie du mich in den Arm nimmst, wie du mich ausziehst. Als ob wir beide vom selben Ort wären, als ob auf der ganzen Welt nur wir zwei die gleiche Sprache sprächen. Selbst wenn du mein Bruder wärst, würdest du mir als Mann gefallen, verstehst du? Du bist kein Schönling, aber ich könnte mir keinen schöneren Mann vorstellen. Ich glaube, das ist mir noch nie passiert. Nicht so. Hast du das schon erlebt? Also, nicht unbedingt bei mir, sondern überhaupt?«

Schweigen. Ich wollte irgendetwas erwidern. Aber ich tat es nicht.

»Und dann?«, fragte ich stattdessen ziemlich plump.

»Von Artigas«, sagte sie und seufzte, »nehme ich, egal wann wir ankommen, einen Bus nach Montevideo, und von dort ein Flugzeug nach weit weg.«

»Sehr weit weg?«

»Ja, sehr weit weg.«

»Dein Pass ist okay?«

»Ja, er ist okay und in Sicherheit.«

Sophia schmiegte sich in meinen Arm, stieß wie eine Katze mit ihrem Kopf gegen meinen und legte ihre frostige Nase an meinen Hals. Das war zum Sterben schön. Warum musste ich sie verlieren? Ich steckte mir eine Zigarette unangezündet zwischen die Lippen und beobachtete die wenigen Autos, die unzählige Meter unter uns und unterhalb des Viadukts Richtung Zona Sul fuhren oder gerade von dort kamen.

»Ich werde dich vermissen«, sagte sie, nahm mir die Zigarette aus dem Mund und umarmte und küsste mich leidenschaftlich.

»Ciao«, sagte sie leise.

Dann rannte sie die Stufen des fast hundert Jahre alten Viadukts hinunter.

»Ciao«, antwortete ich und war mir meiner Eintrittskarte in den Club der Idioten sicher. Wenn ich es zuvor noch nicht richtig geglaubt hatte, so war mir jetzt klar, dass meine Zeit mit Sophia ihrem Ende zuging. Ich schlenderte nach Hause. Ich sah zu meiner Wohnung hinauf und rieb mir die Hände vor Kälte. In Bertas Fenster erkannte ich noch Licht.

12

Fünfzehn Minuten später umarmte ich fast den Wohnzimmerofen, um endlich mit dem Zittern aufhören zu können. Als ich in die Wohnung kam, rannte ich gleich in die Küche. Ich wollte mir eine Tasse löslichen Kaffee machen, aber beim Anblick der vom ewigen Kochen deformierten Spaghetti, die im kalten Wasser des Topfes dümpelten, wurde mir schlecht. Also begnügte ich mich damit, die eisigen Schuhe auszuziehen, ganz nah am Ofen sitzen zu bleiben und mich von außen zu wärmen.

Ich überlegte gerade, wie ich es anstellen konnte, diskret einen Wagen zu organisieren, als es klingelte. Berta, dachte ich ein wenig ungehalten. Ich hatte die Nase voll von diesen Überfällen. Ich hatte gerade keine Frau mehr, und diese Göre von fünfzehn Jahren, die sich hier ihre Befriedigung abholte und meine Geduld auf die Probe stellte, würde sie mir nicht ersetzen. »Be, be, be«, insistierte die Klingel. »Scheiße«, sagte ich und ging zur Tür.

Dort stand eine Frau mit sehr strengem Blick.

»Kann ich hereinkommen?«

Es war Bertas Mutter. Wusste sie bereits über alles Bescheid?

»Bitte sehr«, sagte ich und machte eine Geste, die meine gute Erziehung unterstreichen sollte. Ich war nur etwas verlegen wegen des Lochs in meinem Wollsocken, genau am linken großen Zeh. Außerdem hatte ich meine Nägel nicht geschnitten.

»Setzen Sie sich doch.«

»Danke.«

Ich glaube, der Klavierstimmer hat mich so traurig gemacht. Bringen Sie es fertig, mir noch übler mitzuspielen?, schien sie mit all den Furchen, die die Zeit in ihrem quadratischen Gesicht hinterlassen hatte, zu sagen. Haben Sie die Courage, dieses elende Leben noch weiter zu zerstören? Sie wohnte seit etwa zehn Jahren im selben Haus wie ich, und wir hatten in der ganzen Zeit nicht mehr als ein halbes Dutzend Mal ein »Guten Tag, wie geht's?« gewechselt. Nicht einen Kommentar über die Erhöhung der Nebenkosten, einen Riss in den Gemeinschaftsräumlichkeiten, Geräusche von Geistern, von denen nur ich nichts mitbekam, ein Leck in der zentralen Gasversorgung oder den Tod eines betagten Nachbarn. Jetzt war sie hier und teilte mit mir die Wärme meines Ofens. Strenge Kleidung, leicht geschmacklos, zusammengezogene Augenbrauen, die Lippen bereits etwas dünn unter einem Flaum, der sich ohne Angst vor Pinzette oder Bienenwachs entfalten durfte. Wenn sie redete, wirkte sie ein wenig jünger, aber trotzdem selbstsicher und leidenschaftslos. Dieser Eindruck verflüchtigte sich schnell wieder.

»Ich weiß nicht, welche Art von Beziehung Sie zu meiner Tochter haben. Aber wie auch immer diese Beziehung aussieht, sie ist nicht gut für sie. Alberta ist so jung, sie …«

»Könnte meine Tochter sein«, half ich ihr.

»Ja, zumindest fast. Es ist einfach, seine Reife selbstsüchtig für die eigenen Interessen auszunutzen. Auch, wenn es sich um intelligente Kinder wie Alberta handelt, meinen Sie nicht?«

Ich fand nicht, dass das hier der Fall war, hielt aber lieber den Mund.

»Sie ist total durcheinander. Ihr Vater war … ist Künstler. Er wird es wohl immer noch sein. Wie Sie. Erkennen Sie die Projektion? Sie erzählt mir nichts. Ich kenne die Einzelheiten nicht, Sie können beruhigt sein. Ich weiß nichts, aber ich habe meine Intuition. Ich bin ihre Mutter. Sie denkt, sie ist in Sie verliebt, und gleichzeitig ist sie intelligent genug zu wissen, wie absurd das ist. Daher ihr Leiden. Und die Gefahr. Und deshalb halten Sie sich bitte von meiner Tochter fern. Sollten Sie es nicht tun, werde ich zur Polizei gehen und Sie anzeigen. Ich bedauere sehr, dass wir nun auf diese Weise Kontakt miteinander haben. Gute Nacht«, sagte sie und ging. Sie ließ mir nicht einmal Zeit, ihr die Tür aufzuhalten.

Arme Berta, dachte ich. Ich überlegte, ob es sein könnte, dass Berta mich tatsächlich mochte. Die Vorstellung missfiel mir nicht.

Als Hommage an Berta legte ich die CD auf, die am nächsten lag. Ein Geschenk, das ich von ihr bekommen hatte. Lester Young, schon fast am Ende seines Lebens. Ich stellte die Leinwand, die ich angefangen hatte zu bemalen, auf die Staffelei und nahe zum Ofen. Ich malte ohne großen Erfolg bis etwa vier Uhr morgens. Dann ging ich zu Bett, ohne mir die Zähne zu putzen. Immer noch der Geschmack von Zwiebelsoße, immer noch die Rülpser, die nach Würstchen und Coca-Cola rochen. Ich schloss die Augen und hatte eine Idee. Ich würde Teo um seinen Wagen bitten. Und ich würde den Schlaf dazu nutzen, einen Plan auszuhecken.

13

Der Regen war vorbei, aber da waren immer noch die schneidende Kälte, der kräftige Wind und keinerlei Sonne. Es war elf Uhr morgens, als ich den Regierungspalast betrat, der weniger als zwei Häuserblocks von meiner Wohnung entfernt lag. Mir war ein wenig schlecht, der Geschmack des Frühstücks vermischte sich mit dem Mentholgeruch der Aftershave-Lotion. Teo arbeitete an diesem Tag in der Casa Civil. Ich erkundigte mich am Empfang, wo ich ihn finden würde.

»Wer möchte das wissen?«, fragte das arrogante Gerippe am Eingang. Sie trug eine Bluse, die aussah wie ein Männerhemd, Kragen und Manschetten waren abgewetzt, und sie hatte einen Pin mit der Botschaft irgendeiner Bewegung an der Brust.

»Ein Freund«, antwortete ich.

Schon stand die nächste Frage im Raum. Meine Laune verschlechterte sich. Meine Übelkeit nahm zu.

»Otto, mein Name ist Otto.«

»Und woher kommen Sie?«

Wer, woher, warum, es war zum Aus-der-Haut-Fahren. Ich beugte mich ein wenig verschwörerisch zu ihr hinunter.

»Ich habe eine Geheimsache zu besprechen. Eine Geheimsache über das Centro Popular de Cultura, wo ich als Lehrer in der Erwachsenenbildung tätig bin. Es geht um dringend angeforderte Informationen zu einer schwerwiegenden Anzeige.«

»Sofort. Einen Augenblick, bitte.«

Und das Gerippe verschwand. Sie kam ein paar Sekunden später zurück, auf Streichhölzern, die ihr als Beine dienten, herbeieilend und mit einem halben Lächeln im Gesicht.

»Kommen Sie mit, Beamter Otto.«

Teo war gut eingerichtet. Eine angenehme Wärme wie von meinem Ofen tröpfelte von den fünf Metern lichter Höhe des Palastzimmers herab. Ich weiß nicht, warum, aber ich musste an Geschichten über Potentaten aus Russland und Osteuropa denken, die sich ihre Anzüge bei den besten Schneidern in London und Mailand anfertigen ließen. Konnte es sein, dass Teo schon auf diesem Niveau angekommen war? Ich fantasierte ein bisschen vor mich hin.

»Warten Sie bitte, es dauert höchstens eine Minute«, sagte die Dame vom Empfang und ließ mich im Wartezimmer vor Teos Büro Platz nehmen. Das früher hier untergebrachte kleine Café war vor etwa fünf Jahren unter großer Anteilnahme der Presse sowie aller staatlicher Dienststellen und Präfekturen, die von der Regierungspartei eingerichtet worden waren, geschlossen worden. Nach offiziellen Angaben wurde der Erlös aus dem Verkauf in einen Fonds eingezahlt, der Kooperativen von Mülltauchern, Krippen für Kinder arbeitender Mütter, Sozialwohnungen und ich weiß nicht was sonst noch alles unterstützt. Hat für so viel gereicht, das Geld für das kleine Kaffeehaus. Die Leute mussten massenhaft konsumiert haben vor der Schließung, witzelte ich mit mir selbst. Ich dachte immer noch darüber nach, verrückt nach einem Kaffee, als der dicke Teo kam und mich abholte.

»Otto, das ist aber eine Überraschung! Komm, herein mit dir«, sagte er und lud mich mit seiner großen, behaarten Hand ein.

Wir betraten Teos Büro, das sich prima für Tanzbälle und Skating-Wettbewerbe geeignet hätte. Große Bilder in schon etwas angeschlagenen Rahmen erzählten von den Heldentaten früherer Politiker und lokaler Revolutionäre. Diese tapferen Männer sahen eher aus wie Großgrundbesitzer, dachte ich, und zwar alle. Auch der, der später Präsident der Republik geworden war. Es gab auch Skulpturen und Bronzebüsten, die ebenfalls alle gleich aussahen. Und Teppiche und Lüster und Lampen und Gewehre und Musketen und Vorderlader und Schwerter und Dolche und Steigbügel, alles geschützte Kulturgüter. Ein schönes Erbe an Kunstwerken und Antiquitäten. Teo machte die Tür zu. Wir liefen ein ganzes Stück bis zu seinem riesigen, dunklen Schreibtisch. Er bot mir einen Stuhl an, und ich setzte mich.

»Du hier, auf diesem Posten. Wer hätte das gedacht!«

»Na ja.«

Kurzes Schweigen. Teo zwischen Ungläubigkeit und Besorgnis.

»Aber jetzt sag mal, was ist denn da im Centro Popular de Cultura los? Es hat eine Anzeige gegeben? Was war denn da?«, wollte er wissen.

»Ich denke, dort ist alles in bester Ordnung«, sagte ich und fuchtelte mit den Händen, als müsste ich mich dafür entschuldigen, dass alles in Ordnung war.

Teo senkte den Kopf und verbarg seinen wachsenden Ärger nur schlecht.

»Es ist nicht so leicht, zu dir durchzudringen, Teo«, rechtfertigte ich mich. »Eine kleine Lüge, um deine Abschirmung zu knacken. Der Zweck heiligt die Mittel, oder nicht?«, meinte ich und versuchte nett zu sein. Es passte ihm nicht.

»Also, was gibt es?«, fragte er und lockerte mit dem kleinen Finger den Hemdkragen.

»Ich brauche dein Auto.«

»Mein Auto?«

»Du bist mein einziger Freund mit Auto.«

»Hast du immer noch kein eigenes Auto?«

»Leider nein.«

»Du könntest dir aber eins kaufen. Die Regierung hat günstige Kredite für herausragende Beamte. Wir können uns darum kümmern.«

»Und wie passt das zur Kampagne für die Benutzung von öffentlichen Verkehrsmitteln, von S-Bahnen, Bussen, Rädern?«

Teo lachte kurz, wirklich nur kurz, und war eher irritiert als amüsiert.

»Und was willst du mit meinem Auto, Otto?«

Ich erzählte ihm von meiner Idee, meine Schüler eine Serie von Wandbildern malen zu lassen. Sie sollten die Leistungen der Politik für die Gebiete im Landesinneren darstellen, vor allem in den Grenzgebieten, die jetzt als nationale Sicherheitszonen galten. Dabei würde es um verschiedene Arten der Bildsprache gehen. Ich müsse mir die Orte aber vorher ansehen. Ich hätte bereits zwei bestimmte im Auge und würde mir einen Tag freinehmen, um Fotos und einige Notizen zu machen. Und dazu bräuchte ich eben ein Auto. Teo gefiel die Idee, wohl mehr aufgrund meines Engagements als wegen der Wandmalereien. Er taute fast ein wenig auf.

»Dann müsste es ein Dienstwagen sein. Es handelt sich ja schließlich um Arbeit. Wenn ihr den Antrag stellt, besorge ich euch einen Wagen aus dem Regierungspalast.«

»Ich habe hier aber noch nicht den gleichen Status wie die anderen Kollegen.«

»Das bekommen wir schon hin.«

»Ich möchte keinen schlechten Eindruck bei der Partei hinterlassen. Wenn das Projekt offiziell bestätigt ist, jederzeit. Dann kann ich den Antrag stellen, dass ein Minibus für die Schüler angemietet wird. Aber bis dahin …«

Der gute Eindruck, den Teo gerade erst von mir gewonnen hatte, bröckelte schon wieder. Es ist nicht leicht, Politiker zu betrügen. Und die an der Peripherie, fernab der Hauptstadt, sind für gewöhnlich die schlimmsten.

»Mal ehrlich, Otto, das riecht förmlich nach einer Lügengeschichte.«

Ich tat so, als wäre ich beleidigt.

»Teo …« Ich erhob mich aus dem mit rotem Samt bezogenen Polstersessel.

Teo stand ebenfalls auf und steckte die Hand in die Hosentasche. Er zog den Autoschlüssel heraus und warf ihn mir zu. Dann nahm er den Telefonhörer und verlangte die Logistikabteilung. Er informierte sie, dass jemand seinen Wagen abholen würde.

»Die Papiere sind im Handschuhfach.«

»Vielen Dank, Teo.«

Er begleitete mich zur Tür.

»Wenn du irgendetwas Komisches vorhast, dann zieh mich da bloß nicht mit rein, verstanden?«

»Wieso, was denn?«

»Verstanden?«, sagte er noch einmal. Er packte mich am Arm und schüttelte mich fast.

»Na klar, verstanden.«

»Dann ist es ja gut.« Er umarmte mich und küsste mich auf die Wangen. Er hatte diese Manie, seit er von einer achtmonatigen Fortbildung in Ungarn zurückgekommen war. Oder war es Bulgarien gewesen? Er sollte bloß nicht irgendwann damit anfangen, mich auf den Mund zu küssen.

»Ich bringe ihn dir übermorgen zurück. Mit vollem Tank.«

»Wunderbar«, sagte er und machte die Tür hinter mir zu.

Am Nachmittag fuhr ich nach einem bescheidenen Mittagessen in Teos japanischem Wagen zum Centro Popular de Cultura. Ich hatte gar nicht geschaut, um welche Marke und um welches Modell es sich handelte – jedenfalls war er sehr komfortabel und PS-stark. Purer Luxus. Ich parkte auf einem der Plätze, die für Lehrkräfte reserviert waren. Bis dahin war es ziemlich mühselig gewesen. Das Stop-and-go an den Ampeln und Kreuzungen, die Bettler, das Rangieren, das Öffnen und Schließen der Türen, das Einschalten des Alarms, das Verriegeln. Ich war das Autofahren nicht mehr gewöhnt. Ein Komfort, der jedenfalls ganz schön viel Arbeit macht.

***

»Von meiner Seite aus lief alles nach Plan. Als Sophia jedoch am nächsten Tag nicht zum Unterricht erschien, wusste ich, dass etwas schiefgelaufen war.«

»Hatten Sie an dem Tag Kontakt mit ihr?«, wollte Sampaio wissen.

»Ja, am Abend. Aber davor passierte noch ziemlich viel. Es war kein guter Tag. Ist noch Kaffee da?«

»Ja.«

Sampaio schenkte die letzten Kaffeetropfen aus der Thermoskanne ein.

»Scheiße«, sagte er, überlegte kurz und schrie dann: »Tião!«

***

Ich war ziemlich durcheinander, als ich nach Hause kam. Es war schon dunkel. Bevor ich in mein Apartment raufgehen konnte, musste ich noch meinen Parkplatz in der Tiefgarage vom Gerümpel befreien. Osmar, der Nachtportier, half mir dabei. Wir fanden sogar Reste einer Waschmaschine.

»Kann ich die haben, Otto?«, fragte Osmar und benutzte eine zusammengerollte Zeitung, um den Staub von der kaputten Brastemp zu wischen.

»Was wollen Sie denn mit diesem Wrack anfangen?«

»Was du irgendwo gebunkert hast, kann dir nicht ausgehen.«

»Verstehe …«

Die Stadtverwaltung verhängte saftige Strafen für das Überschreiten der täglichen Müllmenge. Sie wurde streng überwacht, und die Kontrolleure besuchten systematisch alle Wohngebäude. Also sammelten die Leute tonnenweise Krempel in ihren Wohnungen, und wenn sie keinen Platz mehr hatten, fingen sie an, den Plunder in die Garagen zu verfrachten. Darin war ich der Meister. Und weil ich schon lange kein Auto mehr hatte, war mein Parkplatz total vollgestopft mit

Kadavern von Elektrogeräten, Bergen von Zeitungen, Kisten, leeren Flaschen, alten Telefonbüchern und kaputten Handys. Osmar und ich mussten den Sperrmüll in homöopathischen Dosen wieder woanders verstecken. Immer wenn ein Auto kam, machten wir Pause. Wir verteilten ein wenig in den dunklen Ecken der Garage, den Rest auf die Parkplätze meiner Nachbarn. Einen verkohlten Campingkocher für Box 503, einen Stapel Zeitschriften für 301 und so weiter, bis wir genügend Platz für Teos japanisches Auto freigeräumt hatten.

Ich betrat zusammen mit einer sehr hübschen Nachbarin den Aufzug. Sie wohnte in Apartment 902, war geschieden, die Kinder lebten bei ihrem Exmann. Sie hatte einen Laden für Innenausstattung. Eine feine, gebildete Frau. Ich machte mir große Sorgen um Sophia. Sie war nicht im Unterricht gewesen. Was war jetzt mit unserem Plan? Ich machte mir auch Sorgen um Berta, die nicht mehr mit mir sprechen durfte oder nicht einmal mit mir sprechen wollte, selbst wenn sie gedurft hätte. Aber jener Teil von mir, der sich von den Sorgen freimachen konnte, bemerkte unter dem schweren Mantel meiner Nachbarin den gewagten Ausschnitt ihres dünnen Kleides, dessen oberste Knöpfe offen standen. Sie hatte fast afrikanische Lippen, die nicht recht zu ihrer Stupsnase passten. Und ein sagenhaftes Parfum! »Guten Abend«, sagte ich wie ein Automat und ließ die Autoschlüssel von Teos Japaner um meine Finger kreisen wie einen Revolver. Sie grüßte freundlich zurück, beachtete den Schlüssel aber gar nicht. Ich bin mir nicht sicher, ob mich die Parfümierte überhaupt ansah.

Ich hätte mich schon wundern müssen, als das alte Türschloss nicht den üblichen Widerstand zeigte. Der Schlüssel glitt geschmeidig und ganz leicht in das Schloss und ließ sich ohne das vertraute Klacken drehen. Das hätte mich misstrauisch machen müssen. Hat es aber nicht. Ich betrat ganz normal meine Wohnung und seufzte dazu ein wenig. Ich warf meinen Mantel auf den Sessel. Das Apartment war eisig, feucht und miefig. Ich muss Dona Amália, die Putzfrau, anrufen, dachte ich, während ich den Ofen anmachte. Da packte mich eine Klaue der »Städtischen Müllkontrolle und Verkehrsaufsicht« am Hals, als wäre ich ein liegen gebliebenes Auto, das den Verkehr behindert. »Glup«, machte ich. Mir wurde ganz schummrig, und ich versuchte möglichst schnell zu verstehen, was hier los war. Nur ruhig, Mann, es ist alles unter Kontrolle, glup. Ich stellte mir vor, dass die Panik Adrenalin und andere Substanzen in gewerblichen Mengen in mein Blut pumpte. Ich spürte Schläge in den Magen, auf den Rücken und auf die Nieren. Dann wurde ich in meinen Lieblingssessel geworfen. Zwei Gorillas setzten sich links und rechts von mir auf einen Küchenstuhl. Jeder von ihnen hielt einen Arm und ein Bein von mir fest.

Auf das Sofa gegenüber setzte sich ein Mann, von dem ich annahm, dass es sich um Anízio Corso handelte, den Mann, dessen Frau ihn seit einigen Tagen betrog. Er stand auf und wanderte durchs Zimmer. Er benutzte einen Gehstock mit Metallknauf. Er marschierte vor mir auf und ab, als erriete er, dass ich seinen Großmut und die anderen Eigenschaften, die ich mir für ihn überlegt hatte, bestätigt haben wollte. Und er bestätigte alles.

Wenn es nach mir gegangen wäre, hätte die Show bereits hier enden können. Er sah aus wie fünfzig, keinen Tag älter. Groß, stramm, immer noch mit der Muskelmasse des Athleten, der er wohl gewesen war. Er benutzte jede Menge Eau de Toilette, das nach Pinie roch, und dazu noch Haargel und Haarfarbe. Sein Haar sah schwärzer aus als ein Autoreifen. Sein Gesicht war voller kreisrunder Narben, wie von einer Pockenerkrankung, die er als armer Junge in seiner weit zurückliegenden Kindheit gehabt haben mochte. Sophia hatte mir alles über ihn erzählt. Oder fast alles.

»Herr Otto«, sagte er und setzte sich wieder. Seine Stimme heuchlerisch, sanft. »Herr Otto«, wiederholte er und gestikulierte mit seinen riesigen Händen und den dazu unproportional feinen Fingern, die in der Luft nach ganz bestimmten Wörtern zu suchen schienen. »Meine Frau«, sprach er mit unbewegtem Gesicht weiter, »Sophia Corso, Ihre Schülerin, leidet unter psychischen Problemen, die diagnostiziert und leider nicht heilbar sind. Neben Verhaltensabweichungen leidet sie unter Wahnvorstellungen und Paranoia. Sie stellt sich vor, dass sie eingesperrt, verfolgt und überwacht wird. Und mir ist bekannt, dass Sie ihren Zustand ausgenutzt haben.«

Corso musste seinen beiden Helfern irgendein Zeichen gegeben haben. Ein spezieller Code musste zwischen ihnen ausgetauscht worden sein, denn ich bekam das Kommando gar nicht mit, sondern spürte nur, wie beide an meinen Handgelenken zu zerren begannen, als wollten sie sie abschrauben, um ihr Innenleben einer Revision zu unterziehen. Ich schwor mir, dass ich nicht schreien würde. Und ich schrie auch wirklich nicht. Nur ein paar Tränen schossen mir in die Augen.

»Es wäre ganz leicht«, fuhr Corso fort, »zu beweisen, dass Sie eine Schülerin sexuell missbraucht haben, die psychische Probleme hat. Ihr Leben wäre im Handumdrehen ruiniert.« Oder im Knochenbrechen, dachte ich. Die Männer zogen jetzt noch fester.

»Bitte, ich brauche meine Hände zum Arbeiten«, jammerte ich.

Corso sah die beiden an, diesmal war es ganz offensichtlich, und sie ließen mich los. Der Boss stand auf, und sie taten es ihm gleich.

»Hören Sie auf den Rat eines alten Mannes, der als einzige Freude im Leben eine schöne Frau hat. Nehmen Sie sich ein paar Tage frei. Gehen Sie wieder auf Reisen. Ich kann Ihnen finanziell unter die Arme greifen. Aber vergessen Sie Sophia.«

Als Corso mir diesen Rat gegeben hatte, war es mit seiner Sanftmütigkeit wieder vorbei. Seine Gesichtszüge veränderten sich in Sekundenschnelle, und er verwandelte sich in einen Ringer aus dem Hafenviertel. Er holte mit dem Gehstock aus und versetzte mir einen schnellen und kräftigen Schlag ins Gesicht. Ein Treffer. Der Ziegenkopf des Metallknaufs erwischte mich an der linken Augenbraue und seitlich am Auge. Alles wurde blutrot. Ich dachte an die Fassade des Centro Popular de Cultura. Meine Knie waren wie Butter in der Sonne, und ich konnte nichts anderes tun als umzufallen. Bevor er mich endgültig in Ruhe ließ, sammelte er Speichel im Mund und spuckte mir ins Gesicht. Ich hätte kotzen mögen. Dann schlug er die Tür zu und verschwand mit seinen Freunden. Sechs schwere Füße entfernten sich.

14

Ich blieb an der Stelle liegen, an der ich umgefallen war. Das Erste, was ich mit dem Auge, das noch in Ordnung war, sehen konnte, war Berta, die sehr hübsch und konzentriert an der Versorgung meiner Wunden arbeitete. Sie sagte, sie habe versucht einzuschlafen, aber dann habe sie so ein komisches Gefühl gehabt und sei heruntergekommen. Und jetzt spielten wir hier Patient und Krankenschwester, als wären wir im Unfallkrankenhaus. Ich hatte Lust, meine Zunge zwischen Bertas halb geöffnete Lippen zu stecken.

»Bin ich sehr hässlich, Bertinha?«

»Besonders hübsch bist du nicht. Du siehst aus wie ein Boxer. Einer, der gerade seinen Kampf verloren hat. Anscheinend hat der mit dem effektiveren Kampfstil gewonnen.«

»Du hättest den anderen sehen sollen, das arme Schwein.«

»Den Ehemann dieser Kuh?«

»Woher weißt du das denn? Au, sei vorsichtig!«

»Entschuldige. War doch klar, dass das in die Hose gehen würde. Du hast hier dieses Frischfleisch von fünfzehn Jahren vor der Nase, ganz allein für dich verfügbar, vor Hormonen und unkeuschen Gedanken nur so strotzend, aber du musst dich ja mit einer älteren Ehefrau einlassen. Mit einer alten Schachtel, die noch dazu gebunden ist. Das ist doch nicht zu fassen.«

»Sophia ist vierundzwanzig.«

»Ja eben, eine ältere Dame, und obendrein verheiratet.«

Erst da fiel mir auf, dass mein Nacken auf Bertinhas weichem Oberschenkel lag. Sehr gemütlich. Ich knabberte zärtlich an ihrem Bein.

»Gibst du mir einen Kuss, Berta?«

»Ruhe. Jetzt ist nicht der Augenblick, um Minderjährige zu missbrauchen.«

Sie sah mich mit einer Mischung aus schmerzerfüllt, besorgt und zärtlich an. Das machte mich ganz verrückt.

»Ich glaube, du musst ins Krankenhaus. Dein Auge sieht böse aus. Und beide Handgelenke sind offen. Dein Daumen ist ganz komisch, fast matschig. Ich glaube, der ist gebrochen, mein armer Otto«, sagte Berta und nahm meinen Daumen in den Mund.

Der Daumen wurde durch den Kuss sofort besser. Mein Unterleib tat ziemlich weh. Die Rippen auch. Was mich jedoch am meisten beunruhigte, war mein linkes Auge. Ich konnte damit gar nichts sehen. Blind werden ist wirklich nicht lustig.

»So eine Tracht Prügel! Der Ehemann dieser Kuh muss ein feuriger Hengst von fünfundzwanzig Jahren sein«, stichelte Berta.

»Da irrst du dich. Er ist ein schmieriges Rhinozeros um die fünfundsechzig«, sagte ich und versuchte aufzustehen, doch ohne großen Erfolg.

Berta führte mich ins Bad. Ich setzte mich in die Duschwanne und bekam einen Ständer, während sie mir den Rücken massierte. Sie war so um mich besorgt, dass sie es nicht einmal bemerkte. Oder sie merkte es, machte sich aber nichts draus. Dann blieb ich allein unter der heißen Dusche, während Berta saubere Wäsche suchte. Der holzbefeuerte Heizkessel in meinem Haus ist eine prima Sache. Es ist noch nichts Besseres erfunden worden. Zu jeder Tages- und Nachtzeit heißes Wasser im Überfluss.

Die Dusche tat richtig gut. Aber die Handgelenke schmerzten noch immer, ebenso die Stellen im Gesicht, an denen ich den Schlag abbekommen hatte. Außerdem war mir übel, und ich hatte Sodbrennen, wahrscheinlich von den Magenschwingern. Ich zog mich im Bad an. Berta suchte Verbandsmaterial. Viel fand sie nicht. Da klingelte das Telefon. Sie ging ins Wohnzimmer und kam mit dem schnurlosen Apparat in der Hand zurück.

»Hallo? Ja, da sind Sie richtig. Ich bin seine Krankenschwester. Es geht ihm wieder besser. Er hatte sogar schon eine Erektion im Badezimmer. Genau. Er sieht ziemlich lädiert aus. Ist von einem aufgebrachten Ehemann verprügelt worden. Einen Moment, ich werde sehen, ob er rangehen kann ... Kuh am Apparat«, sagte Berta. Sie gab mir den Hörer und ging ins Wohnzimmer. Dann ergriff der Bebop von der ganzen Wohnung Besitz. Es war toll, Sophias Stimme irgendwo da draußen in der Stadt zu hören.

»Corso hat dich verprügelt?«

»Ich habe auch ein bisschen zugeschlagen.«

»Ach, Otto, es tut mir so leid.«

»Es ist nicht deine Schuld. Und ich habe schon schlimmere Prügel bezogen«, log ich.

»Otto, er hat das mit uns herausgefunden.«

»Ja, das habe ich gemerkt.«

»Aber er denkt, dass ich nicht weiß, dass er es weiß. Verstehst du?«

»Nein.«

»Er behandelt mich wie immer. Ich habe selbst herausgekriegt, dass er bei dir war, weil ich ihm gefolgt bin. Ich hatte so eine Ahnung, dass er irgendwas im Schilde führt, hatte aber nicht den Mut heraufzukommen. Ich habe eine Heidenangst vor ihm.«

»Das kann ich verstehen. Und jetzt? Ist unser Plan nun abgeblasen?«

»Natürlich nicht. Wir müssen uns nur beeilen. Das heißt, falls du immer noch bereit bist, mir zu helfen. Denn wenn nicht …«

»Red keinen Blödsinn. Du musst fort von diesem Wahnsinnigen. Also, wie geht's weiter?«

»Wir machen es heute.«

»Heute?«

Ich sah auf meine Taucheruhr. Es war fast neun Uhr abends.

»Du fährst bis in die oberste Etage der Parkgarage des Shoppingcenters. Ich bin jetzt schon dort. Ich habe Corso gesagt, ich würde zum Einkaufen fahren, und er hat mir einen Bodyguard mitgeschickt.«

»Er war mit zwei von seinen Leuten hier. Wie viele hat er denn?«

»Viele. Der Typ folgt mir diskret, mit einigem Abstand. Aber ich werde ihn abhängen. Ich werde in eine der Toiletten bei den Aufzügen gehen. Dann nehme ich die Nottreppe und laufe bis zur letzten Parkebene hinauf. Dort treffen wir uns.«

»Ich brauche noch ein bisschen, Sophia.«

»Fünfzehn Minuten?«

»Länger, eine halbe Stunde.«

»Okay, eine halbe Stunde. Aber sei auf jeden Fall da. Bitte. Ich habe Sehnsucht nach dir.«

Schweigen.

»Wohin fährst du dann jenseits der Grenze?«, fragte ich.

»Ich weiß es nicht. Aber ich rufe dich an, wenn ich in Sicherheit bin, und dann können wir uns treffen. Ich glaube, ich liebe dich, Otto. Wirklich.«

»In einer halben Stunde also. Ich werde in einem japanischen Auto sitzen und dir ein Zeichen mit der Lichthupe geben.«

»Otto … es ist mir wirklich ernst …«

»Ciao.«

Wir legten auf.

Ich hörte Lärm aus der Küche. Berta war dabei, die Spaghetti, die immer noch in einem Topf mit kaltem Wasser auf dem Herd dümpelten, in den Müll zu befördern.

»Berta«, sagte ich, »ich muss noch mal weg. Und ich glaube, ich werde länger wegbleiben.«

»Die Kuh?«

»Mhm.«

Sie ließ die Sachen in der Spüle liegen, trocknete sich die Hände an ihren Kleidern ab und rannte mit einem traurigen, aber sehr schönen Lächeln auf mich zu.

»Es tut mir leid. Du musst mir nichts erklären. Aber ich sterbe vor Eifersucht.«

»Sophia hat ziemlich große Probleme.«

»Wieder der Furor uterino? Entschuldige … Erzähl mir, was sie für Probleme hat.« Sie umarmte mich fest.

»Es ist ungefähr so wie bei dir. Ich hab's dir ja schon erklärt. Sie kann nicht in ihrem Zuhause bleiben. Deshalb kommt sie hierher.«

»Mit dem Unterschied, dass du mit mir nicht schläfst. Oder dass du bisher nicht mit mir geschlafen hast«, sagte Bertinha und versuchte meinen Reißverschluss zu öffnen. Ich schob ihre Hand weg.

»Ich werde Sophia dabei helfen, das Land zu verlassen. Sie ist in Lebensgefahr.«

»Das Land verlassen? Wirklich? Das gefällt mir.«

Ich gab Berta eine kurze Zusammenfassung unseres Plans und übersprang dabei einige Details.

»Dieser Plan ist ziemlich schwach. Ich möchte mit dir mitkommen, Otto.«

***

»Und, haben Sie sie mitgenommen?«

»Nein, natürlich nicht!«

»Wenn Sie sich hier noch weiter reinreiten, könnte dieses Mädchen Ihre Haut retten. Oder Ihnen zumindest helfen, wenn sie wirklich von alldem etwas weiß und bereit ist, für Sie auszusagen.«

»Ich will sie da nicht mit hineinziehen. Habe ich eigentlich nicht das Recht, einen Anwalt anzurufen?«

»Nur im Kino. Einstweilen haben Sie das Recht, meine Zigaretten zu rauchen und mir meinen freien Tag zu stehlen. Reicht das nicht?«

»Okay. Ich beschwere mich ja gar nicht.«

»Sie sehen außerdem nicht so aus, als hätten Sie überhaupt einen Anwalt.«

»Stimmt, ich hab gar keinen.«

»Sehen Sie? Wir verstoßen hier nicht gegen irgendwelche Vorschriften. Niemand kann davon abgehalten werden, mit einem Anwalt zu sprechen, den er gar nicht hat.«

Sampaio wanderte durch die Zelle und seufzte ein wenig, wie eine Schwangere, die weiß, dass die Geburtsarbeit näher rückt.

»Wir müssen dafür sorgen, dass dieses Mädchen, Berta, für Sie aussagt. Das heißt, es reicht, wenn wir uns diese Möglichkeit für den Notfall aufsparen, denn sofern Ihre Beziehungen doch nicht ausreichen sollten, habe ich noch eine bessere Idee.«

»Soll das heißen, sie weiß schon Bescheid?«

»Dass Sie festgenommen wurden? Nein, ich glaube nicht. Wir könnten sie informieren. Nein, besser nicht. So wie ich mir das Ganze jetzt vorstelle, brauchen Sie ihr nur dann davon zu erzählen, wenn Sie das selbst unbedingt möchten. Fahren Sie jetzt fort. Wenn Sie das Mädchen nicht mitgenommen haben, wie sind Sie dann zum Treffpunkt gekommen? Waren Sie nicht ziemlich angeschlagen?«

»Angeschlagen? Ich war total am Ende. Nach der Tracht Prügel von Corso und seinen Freunden war es nicht leicht, Teos Wagen zu fahren.«

15

Nach der Tracht Prügel von Corso und seinen Freunden war es nicht leicht, Teos Wagen zu fahren. Jede noch so lang gezogene Kurve war ein dorniger Leidensweg. Meine Handgelenke schmerzten, als wären sie mit vergifteten Nadeln an meine Unterarme gebunden. Ich hätte sie mir am liebsten abgerissen. Außerdem war an dem Tag Lokalderby, und ich steckte am Beginn der Avenida Beira-Rio fest, wohin mich eine Umleitung der Verkehrswacht geschickt hatte. Am liebsten hätte ich den Wagen stehen lassen und wäre zu Fuß weitergelaufen, was natürlich Quatsch gewesen wäre. Ich dachte schon, ich würde gar nicht mehr zum Parkplatz im Shoppingcenter kommen. Aber ich schaffte es, mit fünf Minuten Verspätung. Was fatal gewesen sein mochte.

Ich blieb an der Stelle stehen, die Sophia mir beschrieben hatte. Bei jeder Frau, die von den Aufzügen und der Nottreppe kam, war ich drauf und dran, die Lichthupe zu betätigen. Aber nichts. Nichts. Und wieder nichts. Fünfzehn Minuten nach der vereinbarten Zeit war ich äußerst besorgt und beging eine gefährliche Dummheit: Ich rief Sophia auf dem Handy an. Eine Ansage informierte mich darüber, dass sich das Gerät außerhalb der Netzreichweite befand oder vorübergehend abgeschaltet war. Ich versuchte es noch einmal, doch wieder dasselbe. Ich wartete weitere zehn Minuten, dann gab ich auf. Schließlich fuhr ich die Tunnelschnecke hinunter, die mich zurück in den Straßenverkehr brachte.

Der Arroio Nossa Senhora dos Afogados war dabei, über die Ufer zu treten. Der »Bach Unserer Lieben Frau der Ertrinkenden«, was für ein suggestiver Name! Er durchquert die ganze Stadt, nimmt die Scheiße von fast zwei Millionen Menschen auf und mündet in den Fluss. Daran dachte ich: an das Rohmaterial der inflationär vorhandenen Kolibakterien. Sie tauchen regelmäßig in den Analysen der schlechten Trinkwasserqualität der Stadt auf. Da hatte ich plötzlich eine Idee und gab Gas.

16

Ich wusste, wo Sophia wohnte. Ohne eine gewisse Faszination für die Welt, in die ihr Mann sie eingeführt hatte, zu verleugnen, hatte sie mir von dem luxuriösen Gebäude erzählt, in dem sie lebten: eine Wohnung pro Stockwerk, jeweils im Penthousestil, die sandfarbene Fassade in der größenwahnsinnigen Gestaltung eines mediterran anmutenden Baus, Swimmingpools mit Steinen und Wasserfällen, Wintergärten, Orchideenhäuser, an Feiertagen inklusive Parkservice für Besucher. Als sie eines Nachts nicht zu mir in die Wohnung gekommen war, und ich nichts zu tun hatte als zu warten, hatte ich mir aus Neugier die Daten aus dem Telefonbuch herausgesucht. Ich ging auch die Namen der Menschen durch, die in der Nachbarschaft wohnten, und nahm spätnachts ein Taxi dorthin. Aber auf halbem Weg gab ich es auf, weil ich mich nicht lächerlich machen wollte. Jetzt, in Teos Auto, fiel mir der Straßenname wieder ein. Ich würde das Gebäude aufgrund der Beschreibung, die Sophia mir gegeben hatte, schon finden.

Ich nahm den Fuß erst vom Gas, als ich das Viertel erreichte, in dem das Ehepaar Corso residierte. Die Reichen leben schon gut, dachte ich und staunte über die grandiosen Gebäude in jener Straße, in der jedes Jahr die Weihnachtsfestlichkeiten stattfanden. Ich erinnerte mich an die Fernsehbilder dieser Häuser im letzten Dezember. Festlich beleuchtet sahen sie aus wie in einem Kindertraum, einem Märchen oder wie den Fantasien der Angestellten, die darin arbeiten, entsprungen. Ich erkannte einige der Häuser wieder.

Sie hatten irgendeinen von einem TV-Sender ausgerufenen Wettbewerb gewonnen. Abgesehen von den Fernsehreportagen waren auch Fotos in einer Sonderbeilage der Zeitung abgedruckt worden. Ich hielt mich gern mit solchen unwichtigen Dingen auf. Ich fuhr mehr oder weniger nach Instinkt. Die Erste links, hier, ja, ich glaubte, dass es hier war. Und ich war tatsächlich da.

Teos japanischer Wagen hielt vor dem Wachhäuschen, in dem der Portier saß. Das Auto gab mir eine gewisse Wichtigkeit und half mir ein wenig, seine Sympathie zu gewinnen. Aber nur ein wenig. Ich wollte in das Gebäude, doch er ließ mich nicht und blieb dabei immer höflich, aber bestimmt.

»Ich bin leider fast sicher, dass Herr Anízio und Dona Sophia nicht zu Hause sind, mein Herr.«

»Tatsächlich?«

»Ich bedauere, mein Herr. Ich kann den Herrschaften etwas ausrichten, mein Herr.«

»Kann es sein, dass die Hausangestellte, Dona …«

»Dona Irene, mein Herr?«

»Dona Irene, genau. Ist sie vielleicht da?«

»Bestimmt. Dona Irene geht nie aus. Gehen wir hinüber zur Sprechanlage, bitte sehr, mein Herr.«

Wir gingen rüber. Der Eingangsbereich war sehr schön. Skulpturen aus verschiedenen Steinarten, andere aus Bronze, viel cooler und moderner als die Skulpturen in Teos Büro. Indirekte Beleuchtung, schlichte Teppiche, ein riesiges Wandbild mit japanischen Schriftzeichen, getrocknete Blätter und ein sehr angenehmer Geruch nach Kaffee, den der Portier wohl mit einer unsichtbaren Kaffeemaschine in irgendeiner

Ecke zubereitete. Ich schnupperte und wartete, ob er mir eine Tasse anbieten würde, doch mehr als der Geruch wurde mir nicht zuteil.

Der Mann drückte auf einen Knopf und redete mit der Hausangestellten.

»Dona Irene? Hier spricht Jorginho, der Portier. Und Herr …« Er sah mich an.

»Ignácio, ich bin ein Kunde von Herrn Anízio.«

»Hier ist Herr Ignácio, ein Gast von Herrn Anízio. Ja, ich habe ihm auch schon gesagt, dass die Herrschaften nicht da sind.«

Ich gab ihm ein Zeichen, dass ich gern selbst mit ihr sprechen würde.

»Einen Moment, die Senhora wird mit Ihnen sprechen, nicht wahr, Dona Irene? Bitte, Herr Ignácio«, sagte Jorginho und gab mir den Hörer.

»Guten Abend, Dona Irene. Wir haben schon einige Male miteinander telefoniert.«

»Ich erinnere mich gar nicht, tut mir leid. Ich habe kein gutes Namensgedächtnis. Dona Sophia schimpft mich, weil ich so vieles vergesse, und gibt mir jetzt Vitamine. Aber sie haben noch nicht geholfen. Entschuldigen Sie also, mein Herr, aber ich erinnere mich nicht an Sie.«

»Das ist nicht schlimm. Aber ich müsste mit Herrn Anízio sprechen. Es geht um eine dringende geschäftliche Angelegenheit, verstehen Sie?«

»Sie sind zu diesem Ort in den Bergen gefahren.«

»In die Berge?«

»Ja. Sie sind noch nicht lange weg. Gleich als Dona Sophia heimkam, sind die beiden losgefahren. Sie haben nicht einmal Otacílio mitgenommen. Otacílio,

Sie wissen schon, der Wachmann, der immer mit ihnen zusammen verreist.«

»Otacílio, klar. Aber sie haben doch noch andere Wachleute.«

»Natürlich, aber heute hatten nur Otacílio und Denilson Dienst, wenn ich mich recht erinnere. Denilson arbeitet nur tagsüber. Er ist gläubig und geht heute zur Abendmesse.«

»Stimmt ja! Schade, dass sie nicht da sind. Außerdem ist das Handy von Dona Sophia abgeschaltet und …«

»Und Herr Anízio benutzt kein Handy. Nie. Er sagt, das sei etwas für Neurotiker. Und er sagt, davon bekomme man Krebs.«

»Stimmt, er benutzt ja keines. Und nun?«

»Sie können doch dort anrufen. Wollen Sie die Nummer haben?«

»Bemühen Sie sich nicht, Dona Irene. Ich müsste schon persönlich mit Herrn Anízio sprechen. Ich bin dabei, ein großes Geschäft mit ihm abzuschließen, und da sind noch ein paar Einzelheiten zu regeln. Es müsste allerdings noch heute sein. Er bat mich hierher, aber ich komme gerade von einer Reise zurück und habe mich verspätet.«

»Das ist schade …«

»Dann muss ich wohl bis hinauf in die Berge fahren.«

»Ja, wenn Sie es so eilig haben …«

»Ich weiß nur nicht mehr genau, wo das ist. Ich war zwei, drei Mal dort, und das Haus ist ja wunderschön, aber ich erinnere mich nicht genau, wo es war.«

»Da kann ich Ihnen helfen. Ich habe mir die Adresse in einem Heft notiert. Ich muss nur ein bisschen suchen. Einen Moment, bitte.«

»Das ist sehr nett von Ihnen, Dona Irene.«

»Sie sucht danach«, sagte ich zu Jorginho, dem Portier, der mich nun schon etwas anders ansah und schief grinste, weil ihm dieses Fragenfestival gar nicht gefiel. Leute aus den Vorstädten erkennen schon von Weitem, ob etwas faul ist, dachte ich, während er das Thema wechselte und mit mir über das Wetter, einen Stromausfall in der Südstadt und das Ergebnis des Fußballspiels sprach. Dann kam die Hausangestellte zurück an den Apparat.

»Also, haben Sie etwas zu schreiben, Herr Horácio?«

»Ignácio. Ja, danke, Dona Irene. Ich werde Herrn Anizio berichten, wie nett Sie waren«, sagte ich zu ihr, nachdem ich mir die Adresse des Landhauses der Corsos notiert hatte.

Ein dunkler Wagen kam hinter Teos Japaner zum Stehen, als ich mich von Jorginho verabschiedete.

»Sehen Sie mal, was Sie für ein Glück haben. Gerade kommt Otacílio. Er kann Ihnen helfen. Otacílio! Otacílio! Komm her, Junge!«

»Das ist nicht nötig. Vielen Dank«, sagte ich und begann zu schwitzen. Oder ich schwitzte schon die ganze Zeit, bemerkte es aber erst jetzt.

»Otacílio kennt sich aus. Fragen Sie ihn doch einfach.«

»Danke schön. Guten Abend.«

»Guten Abend.«

Ich lief schnell die Treppen hinunter. Ich hatte den Eindruck, dass der Mann, der aus der schwarzen Limousine stieg, einer der beiden Schläger war, die mich ein paar Stunden zuvor verprügelt hatten. Zum

Glück telefonierte er gerade und ging zum Kofferraum, um irgendetwas herauszuholen. Das war der Moment, den ich brauchte, um in Teos Wagen zu steigen, ohne dass wir uns begegneten. Ich steckte schon den Schlüssel in die Zündung – wegen meiner lädierten Handgelenke unter großen Schwierigkeiten –, da erschien der Portier auf dem Gehsteig und rief dem anderen Kerl etwas zu.

»Otacílio, Otacílio, dieser Herr hier wollte mit Herrn Anízio sprechen«, brüllte er, als wolle er Alarm schlagen.

Da die Innenbeleuchtung in Teos Wagen noch angeschaltet war, erkannte mich Otacílio durch das Fenster. Er handelte sich tatsächlich um einen der Gorillas, die in meiner Wohnung gewesen waren. Dann ging alles ganz schnell. Während ich den ersten Gang einlegte und da unten mit dem Fuß auf die Kupplung trat, hörte ich einen Schuss, und die Heckscheibe explodierte. Splitter flogen mir in den Nacken, rissen ein Loch in die Kopfstütze des Beifahrersitzes, und Teile des weichen Füllmaterials flogen im Wageninneren herum.

Ich fuhr wie ein Verrückter in Richtung Avenida. Otacílio folgte mir, aber ich hatte etwas Vorsprung. Ich schloss die Augen und überquerte eine Kreuzung in einer Spielart von russischem Roulette. Ich kam durch. Otacílio hatte weniger Glück. Ich hörte Bremsen quietschen und danach diesen unverwechselbaren Sound von zusammengestauchter Autokarosserie und grässlichem Knallen. Im Rückspiegel beobachtete ich, wie sich der schwarze Wagen überschlug. Er sah aus wie eine Schrottmühle, die nach einem Crash beim Autorennen von der Piste rollt. Er war auf der Kreuzung mit einem anderen Wagen zusammengestoßen, verlor die Richtung und schlitterte mitten auf die Fahrbahn. Glücklicherweise befand sich sonst niemand auf der Straße, es war schon nach zehn Uhr. Ich fuhr weiter und begann die Kälte zu spüren, die ich der kaputten Heckscheibe zu verdanken hatte.

An einer Tankstelle füllte ich Teos Wagen nach und kaufte Zigaretten und ein paar Snacks, die ich auf der Fahrt essen würde. Ich gab ihm einen Fünfer, sagte, was ich brauchte, und der Tankwart besorgte mir Klebeband und Plastikfolie. Ich deckte das Loch ab und verklebte die Folie mit dem Band. Das war nicht optimal, aber viel besser als mit offener Scheibe. Ohne diesen Ersatz hätte ich die Kälte nicht ausgehalten. Vielleicht würde ich es nun mit maximal aufgedrehter Heizung schaffen, nicht zu erfrieren. Ich gab ihm noch etwas Trinkgeld, aber der Kerl fing an, sich den Schaden am Beifahrersitz genauer anzusehen. Vielleicht hielt er mich für einen Kriminellen, der nach einem bewaffneten Überfall auf der Flucht war. Er konnte es kaum abwarten, dass ich weiterfuhr, um zum Telefon zu laufen und die Polizei anzurufen. Oder vielleicht bildete ich mir diese Sachen auch nur ein, und er war eben ein bisschen blöd. Ich wollte auf jeden Fall vorsichtig sein.

»Sie verreisen, Herr Doktor?«, fragte er auf eine Art, die mir durchtrieben vorkam.

»Ja, an den Strand. Ein Ausflug. Fünfhundert Kilometer die Küste hinauf.«

»Du liebe Zeit. Und da fahren Sie um diese Uhrzeit los? … Ganz schön weit, nicht?«

»Das stimmt. Auf Wiedersehen.«

»Auf Wiedersehen, Chef. Und gute Reise!«

Ich fuhr im Zickzack bis zur Ausfahrt in die Berge, über die mich ein grünes Schild mit rostigem Rand informierte, das auf einem ziemlich hohen Pfosten montiert war. Der Verkehr nahm wegen der Nachteulen, die auf der Suche nach Unterhaltung oder Trost unterwegs waren, leicht zu. Auf der Landstraße gab es wieder weniger Lichter, und es wurde stiller. Auf der Mittelkonsole des Wagens lagen einige CDs mit karibischer Musik. Wo waren die Arien und Kammerorchester? Ich warf die CDs nacheinander ein, aber die Musik war unerträglich. Dann machte ich das Radio an und suchte einen Nachrichtensender. Während ich in Serpentinen die Bergstraße hinauffuhr, versuchte ich die Schmerzen in den Handgelenken und in meinem violetten Daumen zu vergessen. In den engeren Kurven musste ich von den hundertsechzig Stundenkilometern, die ich in der Ebene gefahren war, heruntergehen. Für jemanden, der fast nie Auto fuhr, war ich ganz gut in Form. Oder einfach extrem unvorsichtig. Zwischen den immer höher und schwärzer werdenden Felsen kamen mir viele Erinnerungen an meine Kindheit in den Sinn. In den wenigen klaren Momenten dachte ich, dass ich dabei war, auf eine Tragödie zuzusteuern. Es war wie bei den Leuten, die ihr eigenes Leben wie im Film vorbeiziehen sehen, wenn sie kurz davor sind, es zu verlieren. Eigentlich wusste ich, dass es bei mir nicht so weit war. Ich wusste, dass ich nicht sterben würde. Ich wusste aber nicht, dass ich kurz davor war, zwei für mich neue Dinge kennenzulernen: den sehr seltenen tropischen Schnee und den Geruch des Todes.

17

Fünfzehn Minuten vor meiner Ankunft in der Stadt stellte ich einen lokalen Sender ein. Ein Nachrichtensprecher unterbrach das monotone »Po-po-po-po-po« der deutschen Volksmusik, die gerade gespielt wurde. Seine Stimme klang getragen und ziemlich antiquiert. Es war die Art Stimme, die Katastrophen, Präsidentenmorde, Zugentgleisungen, Überschwemmungen, Sparpakete oder die Entdeckung eines neuen Planeten ankündigt. »Achtung, verehrte Zuhörer«, sagte er. »Wir unterbrechen unser Programm, um Sie darüber zu informieren, dass es in den Bergen eben angefangen hat zu schneien.« Diese Information war für den lokalen Handel und Tourismus weitaus wichtiger als irgendeine andere. Wenn irgendwo im fernen Schweden ein Mann schwanger geworden wäre, hätte diese Neuigkeit längst nicht so eingeschlagen und nicht so viel Platz in den Nachrichten eingenommen.

Ich erreichte die Stadt. Feine Flocken bedeckten nach und nach die Hauptstraße. Zu diesem Zeitpunkt sahen sie noch nicht aus wie Schnee, sondern wie Regen, der langsam fiel und keine Lust hatte, die Menschen und Häuser wirklich nass zu machen. Ein Regen, der sich schämte und eher herabschwebte als fiel. Dann wurde er immer dichter. Wie Puderzucker, der vom Himmel herunterrieselt. Da sah ich mich wieder als Kind. Vor langer, langer Zeit. Eine warme Hand umschloss meine. Handschuhe, Mütze, Stiefel, Kälte, eine laufende Nase und die Freude, herumzutollen, bis man außer Atem war und einem die Brust schmerzte. Mein Vater, der ein Foto schoss. »Noch mal, du hast gezwinkert, Otto.« Lächeln. »Gott backt einen Kuchen«, sagte meine Mutter und zeigte auf den Schnee. Das war auf der einzigen Reise nach Europa gewesen, die wir zusammen unternommen hatten. Jemand hupte und brachte mich zurück in die Gegenwart. Ich war so müde, hatte Schmerzen am ganzen Körper und Sehnsucht nach meinem früheren Leben. Früher, wann war das genau? Mann, fast wäre ich von der Straße abgekommen.

Ich erreichte das Stadtzentrum. Hier wurde der Verkehr wieder stärker. Es war schon nach Mitternacht. Die Touristen traten aus ihren Hotels, Gaststätten, Hütten und Ferienhäusern auf die Straße. Sie liefen herum wie Insassen einer Anstalt, deren Türen irgendein Arzt vergessen hatte abzusperren. Sie trugen bunte Mützen, Hüte mit Mickymausohren, schwere Mäntel, Handschuhe, Schals. Ihre unförmigen Silhouetten verstärkten das Bild einer Gruppe von Irren. Es sah aus wie ein winterlicher Karneval, was ja auch nichts anderes ist als ein Haufen Irrer. Einige von denen, die keine passende Kleidung hatten, hüllten sich in bunte Decken, die sie wie Ponchos trugen. Die Leute feierten den Schnee und setzten sogar Babys Temperaturen von minus vier Grad aus.

In einer merkwürdigen Imbissstube, die deutsches Essen servierte und vierundzwanzig Stunden durchgehend geöffnet hatte, erkundigte ich mich nach dem Weg zur Adresse der Corsos.

»Oh, da sind Sie aber noch ein ganzes Stück weg. Das ist etwa zwanzig Kilometer außerhalb«, informierte mich ein netter Kreole, der an der Theke bediente.

»Und wie komme ich dorthin?«

»Mal sehen, mal sehen«, murmelte er und kaute auf einem Kugelschreiber herum, der für hausgemachte Schokolade warb. »Mal sehen … wissen Sie, wo die Kirche ist?«

»Ja, das weiß ich.«

»Dann ist es nur noch …«

Er zeichnete eine Landkarte auf eine Serviette, auf der ich mich prima zurechtfand. Er hätte Vermesser oder Geograf sein können oder jemand, der Prospekte für Immobilienunternehmen entwirft. Er zeichnete auch die Verkehrszeichen ein, an denen ich abbiegen müsse, bis ich zur unasphaltierten Zufahrtsstraße käme, die zudem noch in schlechtem Zustand sei.

»Sie beeilen sich am besten. Durch den Schnee wird der Weg noch schlechter werden. Wenn sich der Schnee mit dem Lehm mischt, ist es vorbei. Dann werden Sie feststecken, und raus kommen Sie dann nur noch mit einem Ochsengespann. Ach ja, und passen Sie wegen der Gräben auf. Es gibt Leute, die sich die ganze Nacht abmühen, weil das Auto in einen Graben gerutscht ist. Wenn Sie da feststecken, kommt niemand, der Ihnen hilft. Passen Sie also gut auf.«

Ich dankte ihm, gab ihm etwas Trinkgeld, schlug eine gefüllte Kartoffel, die er mir anbot, höflich aus und fuhr los.

Meine geflickte Heckscheibe, die schon ganz schön gelitten hatte, löste sich dann vollständig auf, als ich zu der kleinen Straße kam, die für Abenteurer gemacht war. Der Wind ergriff Besitz von meinem Wagen, und die Schmerzen in meinen Handgelenken wurden wieder stärker. Er war schlimmer als der Wind auf dem

»Viadukt der Selbstmörder«, dachte ich, und sofort befiel mich wieder Heimweh. Das ganze Szenario wurde immer makabrer, und ich bekam Angst. Das kaputte Auge tat weh, ebenso der verdammte Daumen, der lila und geschwollen war. Die Rippen auch. Ich stellte den Mantelkragen auf, überprüfte, ob die Heizung auf die höchste Stufe eingestellt war, und kroch zwischen Mondkratern, Gräben und Felsen dahin.

Es ging ununterbrochen aufwärts. Schotter sprang gegen die Türen, unter die Kotflügel und gegen den Unterboden des Wagens. Ich spürte ihn sogar an den Füßen. Ein Schlag schlimmer als der vorherige. »Ach, du schönes Auto! Wärst du doch bloß in Japan geblieben! Oder nach Kanada exportiert worden«, sagte ich zu Teos Auto. Es war jedoch schon so schlechter Laune, dass es nicht einmal antwortete. Die nächtliche, weiß gesprenkelte Silhouette der Berge verschwand nach der siebten Kurve. Ungefähr zu diesem Zeitpunkt merkte ich, dass der Wagen zu rutschen begann, wie eine Mischung aus einem Wildpferd und einem Segelflugzeug an einem sehr windigen Tag. Die Scheinwerfer waren stark verdreckt, und ich konnte fast nichts mehr sehen. Einmal wäre ich fast in einen Abgrund gestürzt. Ich nahm den Fuß vom Gas. Lieber langsam hinauffahren, dachte ich. Das war ein Fehler, denn damit wurde es noch schlimmer. Sobald ich an Tempo verlor, fing ich an zu schleudern. Ich schlingerte hin und her. Der zarte Schnee löste sich auf der roten Erde des Bodens schnell auf und wurde zusammen mit dem Wasser, das von den Hügeln herunterkam, zu einem blutroten, zähen Matsch, der seine Opfer mit der Kraft einer hungrigen Riesenschlange vom Amazonas umarmte. Der Wagen büßte bergauf Bodenhaftung und Geschwindigkeit ein. Die Reifen rutschten weg, als rollten sie auf Schmierseife. In einer engen Kurve am steilsten Punkt des Anstiegs verlor ich komplett die Kontrolle. Das Auto begann sich langsam zu drehen und verfiel in eine diagonale Rückwärtsdrift, die mich tollkühn Richtung Abgrund lenkte. Dort unten wartete nur Schwärze auf mich. Ich dachte daran, die Tür zu öffnen und rauszuhechten wie im Film. Sollte ich es versuchen? Aber da lagen Reste von verrottenden Baumstämmen und bildeten eine Art Bordstein kurz vor dem Abhang. Der Wagen blieb stehen, als hätte ich genau dort einparken wollen. Im Handschuhfach fand ich eine Packung Taschentücher, doch die konnte ich jetzt nicht brauchen. Präservative auch nicht. Schmerztabletten. Eine Haarbürste. Ein Packen Parteiaufkleber, Bullshit. Schließlich kam eine Taschenlampe mit der Werbung des Autohändlers, bei dem Teo seinen Wagen gekauft hatte, zum Vorschein. Na endlich. Ich stieg aus und vermied dabei jede heftige Bewegung, denn wenn schon der Wagen rutschte, konnte dasselbe auch mit mir geschehen. Und es geschah auch. Nach drei Schritten stürzte ich bereits zum ersten Mal.

Ich setzte also den Aufstieg zu Fuß fort und hielt die Taschenlampe in der Hand. Es war stockdunkel. Der Schnee wurde dichter. Immer schwerere Flocken erschienen im Lichtkegel der Lampe, deren Schein schnell gelblich wurde. Niemand denkt daran, die Batterien von im Handschuhfach vergessenen Taschenlampen zu wechseln. An den tiefsten Stellen reichte mir der gefrierende Lehm bis an die Knöchel, drang in die Schuhe, bildete einen klebrig-zähen Film zwischen Innensohle und Socken und rückte Stück für Stück bis zu den Zehenzwischenräumen vor. Das war ziemlich eklig. Ich war ein Mönch, der Weintrauben mit den nackten Füßen zerquetschte, stampfen und beten, stampfen und beten, stampfen und ups! Ich stolperte zweimal hintereinander, und beim zweiten Mal fiel ich hin. Angst, Kälte, Hunger, Müdigkeit. Eine dumpfe Gefühllosigkeit ließ mich fast aufgeben. Wieder zwei Stürze. Ich muss mich ausruhen, ich kann mich nicht ausruhen. Ich muss, aber ich kann nicht. Ich kann nicht, aber ich muss.

So wanderte ich eine halbe Stunde im Matsch dahin wie ein Schweinchen im Schlamm, oink, oink. Mir kam es so vor, als sei ich an einer Stelle schon mal vorbeigekommen, oink, oink. Ich schloss daraus, dass ich mich verlaufen hatte. Oder falsch gerechnet hatte, oink, oink. Ich hatte gedacht, es müssten noch ungefähr drei Kilometer sein, als der Wagen stehen geblieben war. Aber ich war nun bestimmt schon länger unterwegs, und noch immer sah ich kein Anzeichen des Hauses der Familie Corso. Ich war noch nie gut im Rechnen gewesen. Kein Licht, gar nichts. Dann kam eine Abzweigung nach rechts. Ich ging ein paar Schritte in diese Richtung und merkte, dass dort der Untergrund unter dem Schnee fester war. Ich kratzte den Schnee mit dem Fuß weg und stieß auf Asphalt. Also ging ich weiter.

Die fast erloschene Lichtquelle aus Teos Taschenlampe reichte aus, um das an einem Tor einige Meter neben der matschigen Straße befestigte Schild zu erkennen. »Privatbesitz«, stand da. »Betreten verboten.« Daneben noch ein Schild: »Gefährlicher Hund«. Abgebildet war ein zähnefletschendes Tier, das eher wie ein Monster aus einem Albtraum als wie ein Hund aussah. Hier muss es sein, dachte ich.

Das Maximum von meinem guten Auge verlangend, schaute ich durch den Zaun hindurch und entdeckte in zweihundert Metern Entfernung ein paar Lichter, die wahrscheinlich zum Landhaus der Corsos gehörten.

18

Es war nicht leicht, mit den kaputten Handgelenken über das Eingangstor zu klettern. Bauch und Rippen taten mir weh. Als ich oben war, sah ich mich mit meinem einzigen einsatzfähigen Auge um und erfror dabei fast. Meine Knöchel knacksten, als ich mehr als drei Meter von der Zaunkrone auf den Boden hinuntersprang. Ich hörte entferntes Bellen, während ich den Schnee auf dem asphaltierten Weg zum Haus niedertrat. Was für ein Geizhals dieser Corso ist, dachte ich. Dass der Weg unbeleuchtet war, ging mir auf die Nerven.

Als ich ein Stück näher kam, merkte ich, dass es nicht nur ein Hund war, der da bellte. Es waren zwei, also mindestens zwei, dachte ich, als sich schließlich das Taschenlämpchen aus Teos Wagen ganz verabschiedete. Ich steckte es in die Tasche. Es lag gut in der Hand und konnte mir vielleicht helfen, meinem Schlag mehr Wucht zu geben, wenn es dazu kommen sollte, dass ich Schläge austeilen musste. Ich erinnerte mich, dass bei den Raufereien in der Schule gern Wegwerffeuerzeuge benutzt worden waren. Wenn man sie fest in der Hand hielt, verstärkte das die Wirkung der Faustschläge. Ich wusste nicht, warum ich nun daran denken musste. Aber ich erinnerte mich genau jetzt daran, in Sichtweite des Hauses. Es war ganz aus hellem, glänzendem Holz gebaut, hatte zwei Stockwerke und war im Kolonialstil gehalten, den die Architekten speziell für reiche und anspruchsvolle Leute entwarfen, die luxuriöse Landhäuser haben wollten. Corso hatte seinen Jaguar eilig neben dem Weg und abseits des Schutzdachs abgestellt. Dach und Motorhaube waren ganz weiß.

Ich suchte nach der Seite, auf der ich möglichst nahe herankommen und am besten in das Gebäude eindringen konnte, um zu lauschen, zu spionieren, was weiß ich was alles zu tun. Da trat ich in eine Rinne, die als Wasserabfluss diente. Mein Fuß war eingeklemmt, ich fiel hin und verursachte dabei einen großen Radau, der die Hunde ganz verrückt machte. Ich hörte das Krachen des Metallzauns und stellte mir vor, dass die Tiere sich mit der Wut von Kickboxern dagegenwarfen. Sie waren in einem Zwinger, das war mein Glück. Zumindest hoffte ich das inbrünstig.

Von der Außenbeleuchtung des Seitenflügels war nur die Terrassenlampe angeschaltet. Ich lief im Schutz der Dunkelheit zur Hauswand und sah durch ein Fenster. Nichts. Alles dunkel. Wie eine Katze schlich ich an der Vorderseite des Hauses entlang zum beleuchteten Bereich. Ich presste das Gesicht gegen ein anderes Fenster. Warmes, indirektes Licht, der gelbliche Schein eines Kamins, den ich aus meinem Blickwinkel aber nicht sehen konnte. Ich stieg auf einen Strauch in einem sehr hübschen, jetzt aber gefrorenen Gartenbeet und hielt mein Ohr an das Glas, das so kalt war, dass ich befürchtete festzufrieren. Ich blieb an einer Stelle stehen, an der ich durch die halb geöffneten Vorhänge geschützt war. Sophia weinte, und Anízio Corso brüllte ungefähr genauso wütend wie seine eingesperrten Hunde. Waren die auch wirklich eingesperrt? Dieser Mann und seine Frau befanden sich irgendwo im Haus, vielleicht oben. Ich war ziemlich durcheinander. Das Bellen wurde lauter, die

Schreie von Sophia wurden immer durchdringender. Ich wickelte mir den Mantel um den Unterarm und schlug damit das Fenster ein, das fast vollständig nach innen fiel. Ich dachte, ich würde den Lärm damit dämpfen, verursachte aber einen Riesenkrach. Eine Explosion. Im Haus blieb es still, und die Hunde bellten und jaulten weiter, während ich durch das Fenster sprang. Der Wind, der jetzt von der Straße kam, fegte die Gemütlichkeit aus dem Landsitz der Corsos, schüttelte die Vorhänge und alles durch, was von der Decke hing, auch die Lüster. Er brachte Papiere und Zeitungen zum Fliegen, fachte den Kamin an, das Feuer wurde kräftiger und die Flammen stiegen höher und höher. Türen schlugen in Gebäudeteilen und Räumen, die ich nicht sehen konnte. Ich brauchte irgendetwas, womit ich mich verteidigen konnte, eine improvisierte Waffe. Die Taschenlampe? Das war zu wenig. An der Wand hing eine an Gladiatoren erinnernde Waffe. Ich versuchte sie abzunehmen, aber sie war mit Eisen und Mörtel an der Wand befestigt. Die Küchentür stand offen. Ich ging hinein, und das Beste, was mir in die Finger kam, war ein Hackmesser. Ich lief mit dem Metzgerwerkzeug in der Hand durch das Erdgeschoss. Es blieb nur noch die Treppe übrig, und ich ging hinauf. Ich hatte jetzt – und das fand ich sehr seltsam – keine Angst mehr. Ich war wie ein Schlafwandler. Der Rest war genau so, wie ich es schon den ersten Polizisten erzählt habe.

19

»Der Rest war genau so, wie ich es schon den ersten Polizisten erzählt habe.«

»Ich bin nicht die ersten Polizisten. Also erzählen Sie es mir.«

»Noch einmal?«

»Ja.«

»Als ich in den oberen Teil des Hauses kam, hörte ich leises Weinen. Es waren nicht mehr Sophias verzweifelte Schreie von zuvor, eher die Laute eines Kindes. Zu Beginn jedenfalls.«

»Eines Kindes?«

»Ja. Ich ging zu der einzigen Tür, unter der etwas Licht hindurchschien. Ich drehte vorsichtig den Türknauf mit … mit der traurigen Resignation eines betrogenen Ehemanns.«

»Ein schönes Bild.«

»Das von dem betrogenen Ehemann?«

»Alles, die traurige Resignation etc. Sehr schön, fahren Sie fort.«

»Corso lag auf Sophia.«

»Sie fickten miteinander?«

»Nein, das nicht. Sie war bekleidet, hatte aber die Beine geöffnet, als würde sie ihn zum Koitus empfangen. Er hielt sie fest umschlungen, und sie hatte aufgehört zu weinen. Dafür brüllte er nun wie ein angeschossener Bär in einem Film. Nur dass sein Mund, der fast an ihrem Hals klebte, das Brüllen halb erstickte. ›Armes Mädchen, armes Mädchen‹, sagte er.«

»War sie tot?«

»Das konnte ich noch nicht erkennen, Herr Kommissar. Aber ich dachte, sie wäre es. Da war so ein Geruch in diesem Zimmer, ein unbeschreiblicher Geruch.«

»Das ist der Geruch des Todes. Es gibt ihn wirklich«, sagte Sampaio, als erinnere er sich gerade in diesem Augenblick an die unzähligen Male, in denen er selbst diesem mehr oder weniger eingebildeten Geruch begegnet war. In der Literatur zum Strafrecht und in den Untersuchungen der forensischen Psychiatrie gäbe es darüber einen Haufen Thesen, erklärte mir der Kommissar. »Die Praxis zeigt, dass der Tod einen Geruch hat. Zumindest nehmen wir so etwas wie einen Todesgeruch wahr, wenn wir ihm unter bestimmten Umständen begegnen. Aber fahren Sie fort.«

»Ja«, sagte ich, »ich glaube auch, dass es diesen Geruch gibt.« Ich versuchte mich möglichst genau an jene albtraumhafte Nacht zu erinnern.

»Und dann haben Sie das Messer weggelegt, sich die Flinte geschnappt und den Fall erledigt.«

»Das stimmt nicht. Ich legte das Messer weg. Dann ging ich ins Zimmer und versuchte Corso zu beruhigen. Niemand konnte mehr irgendetwas tun, das war klar. Wenn es noch möglich gewesen wäre, sie zu retten, hätte er zuerst von ihr runtergehen müssen. Als er mich bemerkte, starrte er mich mit den Augen eines Geisteskranken an, wie man sie bei Menschen sieht, die total am Ende sind – und auf jemanden treffen, der ihr Bewusstsein für ebendiese ausweglose Situation, die ihren wahnhaften Zustand hervorgerufen hat, noch weiter schärft. Es dauerte einige Zeit, bis er mich erkannte. ›Tun Sie doch was, Sie Versager! Versager, Versager!‹, schrie er. Er war so wütend auf mich, als wäre ich Arzt und hätte es nicht geschafft, seine Frau zu retten. ›Es ist gut, Corso. Alles ist gut. Wir werden jetzt die Ambulanz rufen‹, sagte ich, als ich endlich einen Blick auf Sophias entstelltes Gesicht werfen konnte. Sie sah aus wie eine dieser Gummipuppen im Erste-Hilfe-Kurs. Sie war ganz blau. Ein Blau, das man unmöglich wiedergeben kann. Sie war noch immer schön, und doch war nichts mehr von ihr übrig.«

»Sie wurde erwürgt. Deshalb die Farbe. Ihr fehlte das Wesentliche, nämlich das Leben. Was geschah dann? Hat Corso Sie wiedererkannt?«

»Nein. Ein alter, magerer Kerl tauchte auf, ich glaube, er war der Hausmeister. Vielleicht war er auch gar nicht so alt. Aber irgendwie krumm und sehr mager. ›Bleiben Sie stehen, die Polizei ist schon unterwegs. Stehen bleiben!‹, schrie er und entsicherte das Gewehr.«

»Die Polizisten haben erzählt, dass der Alte den Notarzt angerufen und gesagt habe, er hätte Schreie im Haus gehört und das Kläffen der Hunde. Er muss sich wohl selbst im Haus umgesehen haben, als die Ambulanz nicht gleich kam. Als er das Zimmer betrat, habe er gedacht – wie das jeder andere auch gedacht hätte –, dass Sie die Frau getötet hatten und gerade dabei waren, auch ihrem Ehemann das Licht auszuknipsen.«

»Aber nichts davon ist passiert. Corso sah den Alten kommen und fing noch lauter an zu schreien. ›Verschwindet, verschwindet, ihr Eindringlinge.‹ Ich glaube, der Hausmeister war ziemlich verwirrt und ahnte, dass das doch kein einfacher Überfall war. Er ging zu Corso und hielt mich mit dem Jagdgewehr in Schach. Er versuchte sich einen Überblick über die Lage zu verschaffen. Aber als er ganz nahe war, attackierte Corso ihn mit einem, zwei, drei superschnellen Faustschlägen. Der Alte flog durch die Luft.«

»Corso war in jungen Jahren Boxer gewesen. Ich habe mich schlau gemacht.«

»Stimmt. Das hatte mir Sophia erzählt. Der Alte stürzte über einige Möbel und fiel um. Corso lief los, um sich die Waffe zu schnappen. Er war sehr schnell, griff sich das Gewehr und steckte sich den Lauf in den Mund. Ich hatte gerade noch Zeit, mich auf ihn zu stürzen, und so kämpften wir um die Waffe. Teilweise zeigte der Doppellauf endlos lange Sekunden auf mich, und Corso versuchte einen Finger in den Abzug zu stecken. Dann wieder war die Waffe auf ihn gerichtet.«

»Das ist so klischeehaft. Es klingt einfach gelogen.«

»In diesem Gerangel fiel der Schuss. Ich glaube, die Kugel trat am Kinn ein und verwüstete von dort aus den Rest. Ich konnte gar nichts sehen. Mein gutes Auge war blind von der ganzen Sauerei, die mir ins Gesicht flog.«

»Wer hat geschossen, Otto?«

Ich zögerte, bevor ich antwortete.

»Ich weiß es nicht. Vielleicht war ich es. Ich kann es nicht mit Sicherheit sagen.«

Der Kommissar stand leise auf und verließ die Zelle. Einige Minuten später kam er zurück und brachte mir einen Mantel. Es war nicht meiner.

»Hier, der ist von Kommissar Goulart. Wird schon okay sein. Später können Sie ihn mir zurückgeben. Ihrer ist wohl oben in den Bergen geblieben.«

»Wir gehen?«

»Ja, wir gehen. Meine Zigaretten sind aufgebraucht. Und hier stinkt es.«

Beim Hinausgehen passierten wir einen langen Gang. Sampaio blieb stehen und durchsuchte seine Taschen.

»Scheiße, ich hab meine Schlüssel vergessen. Warten Sie hier«, sagte der Kommissar.

Am Ende des Gangs lag der für die Öffentlichkeit zugängliche Teil des Kommissariats. Und dahinter wahrscheinlich der Ausgang. Die Freiheit. Ich hätte versuchen können zu fliehen. Aber mir war nicht danach. Drei Schritte weiter sah ich eine halb geöffnete Tür und wagte einen Blick hinein. Ich hörte Stimmen und erkannte eine von ihnen als die des Mannes, der nach Gott gerufen hatte. Da saß er, ich konnte ihn sehen. Er war an einen Klappstuhl gebunden und trug nur Unterhose und Strümpfe. Sein Gesicht war entstellt vom Weinen und von blankem Entsetzen. Er hatte einen von miesen Zigaretten verursachten, grässlichen Zahnbelag. In dem Raum befanden sich zwei Typen bei dem Mann, der unter dem Lichtschein einer nackten Glühbirne, wie sie auch in meiner Zelle hing, gefesselt war. Ohne Vorwarnung verbrannten sie ihm das Fleisch mit brennenden Zigaretten, die sie zwischen den Fingern hielten. Als litte er unter einer Hautkrankheit, die schweren Ausschlag verursacht, hatte er unzählige Male auf der Brust, den Armen, den Beinen und am Hals. Auf dem Boden lagen haufenweise Kippen und zusammengequetschte, leere Zigarettenschachteln. Der Mann auf dem Stuhl sah mich durch den Türspalt an. Seine Augen waren weit aufgerissen, wie die der Seehundbabys aus den Dokumentarfilmen, kurz bevor sie zu Mänteln verarbeitet werden. Es war ein Hilferuf. Die Polizisten nahmen ihn zwar wahr, schenkten ihm jedoch keine besondere Aufmerksamkeit. Weder dem Versuch des Mannes, nach Hilfe zu rufen, noch der Hilfe, die ich eventuell hätte leisten können. Einer der beiden gab der Tür eher mürrisch als gewalttätig einen Tritt und ließ sie mir ins Gesicht sausen.

»Gehen wir?«, fragte Sampaio neben mir.

»Herr Kommissar, warten Sie. Ich glaube, hier wird jemand gefoltert. Hier, sehen Sie, schnell. Es ist der Mann, den ich vorhin habe schreien hören. Erinnern Sie sich?«

»Da drin?«

»Ja, in diesem Raum. Sehen Sie hinein.«

»Das kann nicht sein. Bestimmt nicht.«

Während wir sprachen, begann der an den Stuhl gefesselte Mann wieder zu schreien.

»Ach so, das«, sagte Sampaio. »Das ist nur Training.«

»Training? Er ist es, der vorhin geschrien hat. Ich erkenne die Stimme wieder. Ich bin ganz sicher.«

»Los, gehen wir.«

»Aber, Herr Kommissar …«

»Gehen wir …«

Wir zogen unsere Mäntel an und verließen das Kommissariat.

20

Die Morgendämmerung war bereits zwischen den Dächern der Häuser zu erahnen. Die Stunde, in der die Vampire nach Hause zurückkehren. Und die Nachtschwärmer. Die Zeitungsausträger traten in die Pedale ihrer Fahrräder mit den großen, voll beladenen Körben an den Lenkstangen. Transporter kamen von der Großmarkthalle zurück, um die Läden und Marktstände, die bereits auf die Lieferungen warteten, mit Obst und Gemüse zu versorgen. Sechs Kinderfüßchen lagen, nur zur Hälfte mit Zeitungen und Fetzen zugedeckt, am Eingang einer noch geschlossenen staatlichen Bank. Ein grauer Hund streckte sich, während sein schwarzer Kollege seine Flöhe mit der Pfote bearbeitete und die Zunge beim Gähnen ganz herausstreckte. Tauben flogen tief und in Formation. Sampaio steuerte sein Auto langsam durch den Verkehr. Es war alt und innen völlig verdreckt. Er schien kein bestimmtes Ziel zu haben. Kaum saß ich im Auto, musste ich an Sophia denken. Gauchomusik kam leise aus den Lautsprechern. Meinen Kopf hatte ich an die wackelige Kopfstütze gelehnt, Eiseskälte drang durch die löchrigen Fenstergummis und was weiß ich woher. Dieses Auto musste komplett durchlöchert sein.

»Kommen Sie aus dem Landesinneren, Otto?«, fragte Sampaio, nachdem wir etwa zehn Minuten gefahren waren.

»Nein, ich bin von hier.«

»Das ist beinahe ein Wunder. In dieser Stadt kommt eigentlich fast jeder aus dem Landesinneren. Die

Stadt ist ein riesiger Busbahnhof. Ich stamme aus dem Grenzgebiet. Aber ich kam schon als Kind hierher.«

»Haben Sie Heimweh nach dort?«

»Nach der Grenze? Nein, nein. Es ist alles sehr traurig da draußen. Eine öde, beschissene Gegend. Das Traurigste, was es auf der Welt gibt, ist der Sonnenuntergang auf einem Bauernhof. Haben Sie das schon einmal erlebt?«

»Nein, noch nie.«

»Sie würden es auch nicht erleben wollen. Aber es ist nicht nur das. Ich habe keine guten Erinnerungen an die Gegend.«

»Was ist passiert?«

»Mein Vater war Polizist. Er wurde von einem Schuss getroffen, der seine Wirbelsäule schrammte.«

»Schlimm?«

»Ja, sehr. Er war lange im Krankenhaus. Danach lag er monatelang im Bett und pisste und kackte die Matratze voll. Später wurde es dann besser, aber er hinkte und behielt einen steifen Arm. Er war keine vierzig Jahre alt, als ihm das passierte. Danach wurde er in den Ruhestand versetzt, und wir kamen hierher.«

»Gefällt es Ihnen hier, Herr Kommissar?«

»Ja, mir gefällt dieses ganze Durcheinander. Mir gefallen der Hafen, die ankommenden Schiffe, die Tauben, die die Dächer der alten Läden zuscheißen, mir gefallen der Schornstein des Gasometers, die Leute, die an der Promenade von Ipanema abnehmen wollen. Mir gefallen sogar diese Kinder mit den lila Haaren.« Er zeigte auf eine Gruppe Jugendlicher, die von einem Fest kamen.

»Ich habe immer im Zentrum gewohnt«, fuhr Sampaio fort.

»Das Zentrum ist in Ordnung. Ziemlich ruhig an den Wochenenden. Finden Sie nicht?«

»Doch, sehr angenehm.«

»Aber einige Viertel finde ich an jedem Tag ziemlich traurig.«

»Navegantes.«

»Ja, das ist schrecklich traurig.«

»São Geraldo …«

»Glória beispielsweise ist auch furchtbar traurig.«

»Das sind harte Pflaster.«

»Wobei hier in der Stadt alles hart ist. Sogar die Sehenswürdigkeiten sind eher herb. Als ich mit meiner Familie hierherkam, hatten wir es nicht leicht.«

Sampaio hielt kurz an und ließ eine Frau mit einem Kind an der Hand über die Straße. Wir fuhren weiter.

»Konnte die Familie von der Rente Ihres Vaters leben?«

»Nein, das reichte nicht. Um die Haushaltskasse aufzubessern, arbeitete mein Vater als Portier in einem Nachtklub. Und meine Mutter wusch die schmutzige Wäsche, die die wohlhabenderen Jüdinnen ihr brachten. Zum Glück gab es diese Frauen. Sie halfen uns auch mit Konserven, Waschmitteln, Seifen, Stoffen und Wolle aus.«

»Das klingt nach dem alten Bom Fim. Haben Sie dort gewohnt?«

»Ja, dort habe ich gewohnt. Meine Mutter lebt immer noch im selben Apartment. Ich habe es geschafft, es für sie zu kaufen.«

»Glückwunsch.«

»Danke. Mein Vater ist gestorben, Gott hab ihn selig. Ich mag die Juden. Dieses Gerede, dass sie geizig seien, ist dummes Zeug. Sie haben meiner Familie sehr geholfen. Und nicht nur die Frauen. Es gab einen Rabbiner, der süßes Gebäck an Kinder verteilte, wenn diese in der Nähe der Synagoge spielten. Er brachte uns auch etwas Französisch und Englisch bei. Nur zum Spaß, spielerisch. Aber er weckte in uns so etwas wie ein Interesse an Kultur. Können Sie sich das vorstellen?«

»Oh ja.«

»Dieser Rabbiner war ein prima Kerl. Es war ihm egal, woher die Kinder kamen. Ich habe viel von seinem Gebäck gegessen. Er ist schon gestorben.«

»Ihre Mutter war also Wäscherin, und ihr Vater Portier.«

»Ja. Er arbeitete hier im Zentrum, in Ihrem Viertel, Maler«, sagte der Kommissar und machte eine Geste, als stecke er die Grenzen des Viertels ab, durch das wir gerade fuhren.

»Hat Ihr Vater sonst noch etwas gemacht?«

»Er hat es mit verschiedenen Gelegenheitsjobs versucht. Aber es blieb bei Portier oder Wachmann.«

»Ich kann mir vorstellen, wie das ist.«

»Ich fahre gern um diese Uhrzeit hier herum, weil es mich daran erinnert, dass ich ihn ein- oder zweimal im Monat hier ganz früh am Morgen getroffen habe. Das war an den Tagen, an denen wir zusammen im Mercado Público einkaufen gingen.«

»Die Markthallen waren damals noch etwas anders, nicht so schick und herausgeputzt.«

»Es war anders, das stimmt. Aber ich finde den Mercado noch immer sehenswert.«

»Er stinkt immer noch.«

»Das ist mir egal.«

»Mir wäre es lieber, er würde nicht so stinken.«

»Meine Mutter weckte mich an jenen Tagen gegen vier Uhr morgens auf. Ich aß eine Banane, und dann traf ich hier meinen Vater, der gerade aus irgendeiner Nachtbar kam. Wir gingen zusammen zum Markt, und ich half ihm, die Einkäufe mit der Straßenbahn nach Hause zu bringen. Das war immer ein Fest, weil ich an diesen Tagen nicht zur Schule musste, sondern mit ihm ins *Café Haity* durfte. Dort ist es«, sagte Sampaio und zeigte auf ein Café an der Avenida Otávio Rocha, das die Zeit überdauert hatte. Gegenüber befanden sich die Blumenläden, die ihm seit Jahrzehnten Gesellschaft leisteten. Ich schaute mir die Sojaölbüchsen an. Sie waren bis zur Hälfte mit Wasser gefüllt, und es steckten Nelken, Rosen und Margeriten darin.

»Gehen wir rein? Ich lade Sie ein.« Sampaio stellte den Wagen ins absolute Halteverbot und legte einen zerknitterten Ausweis auf die Ablage. »Zivilpolizei – Spezialeinsatz – Polizeiliche Ermittlungen« stand darauf.

Drinnen schlug uns ein Geruch aus Kaffee, frischem Brot, Zigaretten und dem Fett, in dem die Pasteten und Kroketten ausgebacken wurden, entgegen. Wir setzten uns an den Tresen. Sampaio bestellte für uns beide mit Huhn gefüllte Pasteten und Milchkaffee.

»Darf ich Sie etwas fragen, Otto? Sie brauchen mich nicht anzulügen, denn selbst wenn ich wollte, könnte ich Sie nicht einsperren. Das ist die Wahrheit, verstehen Sie?«

»So ungefähr.«

»Es ist die Wahrheit.«

»Gewiss.«

»Antworten Sie also ganz ehrlich. Warum haben Sie sich so sehr auf eine Frau eingelassen, die Sie doch nicht einmal richtig kannten?«

»Darüber habe ich auch schon nachgedacht«, sagte ich, den Mund voller Pastete.

»Waren Sie so fasziniert von ihr? Hatten Sie sich in sie verliebt?«

»Nein. Jetzt glaube ich sogar, dass ich gar nicht verliebt war. Jedenfalls nicht so, wie man Verliebtsein gemeinhin auffasst.«

»Wegen einer Frau dahinschmachten, teure Geschenke kaufen, vor lauter Sehnsucht nicht mehr schlafen können. Meinen Sie das?«

»Das habe ich noch nie erlebt.«

»Tatsächlich? Nie?«

»Nein, nie.«

»Komisch. Dann wissen Sie gar nicht, was gut ist. Weshalb dann also? Sie hätten in dem Job, den Ihnen Ihr Freund von der Regierung besorgt hat, eine ganz ruhige Kugel schieben und in der Freizeit mit Ihrer minderjährigen Freundin schlafen können. Warum das alles?«

»Sophia brauchte Hilfe. Keine große Sache, aber eben eine Bitte um Hilfe. Es ist doch gut, wenn man jemandem helfen kann. Wir haben ja schon darüber gesprochen.«

»Ja, natürlich, das ist gut.«

»Man kann eigentlich nicht Nein sagen, vor allem nicht, wenn es sich um eine so einfache Sache handelt wie mit dem Auto an die Grenze zu Uruguay zu fahren. Auf der Strecke gibt es noch nicht einmal Kurven.

Andererseits haben Sie natürlich recht. Ich hätte ihr die Bitte auch abschlagen können. Aber das hätte ich nur getan, wenn ich gewusst hätte, dass ich diese Hilfe nicht leisten kann. Wie vorhin im Kommissariat. Ich würde dem Mann, der dort gefoltert wird, sehr gern helfen. Aber ich kann es nicht. Weil es außerhalb meiner Möglichkeiten liegt. Und das reicht aus, um mich nicht für alle Zeiten schuldig zu fühlen. Hätte ich es gekonnt, dann hätte ich ihm auch geholfen.«

Sampaio schüttelte den Kopf und dachte über meine Antwort nach. Ich glaube, er verstand mich sehr gut.

»Fräulein!«, rief er die sechzigjährige Kellnerin. Sie wischte sich ihre molligen, fleckigen Hände an der Schürze ab und kam zu uns an den Tisch. »Fräulein, noch zwei Pasteten und zwei Tassen Milchkaffee. Danke.«

Ich befürchtete, dass die beiden Pasteten meine Verdauung in Aufruhr versetzen würden, und trotzdem aß ich sie gern. Ich hatte Hunger. Wir schwiegen eine Weile und beobachteten ein eintreffendes Paar, das sich an einem Tisch links von uns niederließ. Der Mann trug eine Lederjacke und ein Hemd, das von der Brust abwärts geöffnet war. Er wollte irgendetwas von der jungen Frau mit dem verwischten Make-up, die entweder betrunken oder müde war. Sampaio unterbrach meine Betrachtung.

»Wissen Sie, was? Mir kann es eigentlich egal sein, was Sie in dem Haus gemacht haben.«

»Wirklich?«

»Ja. Es ist doch nicht mein Problem. Ich kann Ihnen sagen, was mit Ihnen passieren wird. Der einzige Zeuge, der Ihnen das Leben so richtig schwer machen könnte, ist der Hausmeister der Corsos. Er könnte die Wahrheit sagen, und das könnte schlecht für Sie sein. Oder er könnte sich etwas ausdenken. Und dann? Wer weiß. Er wäre glaubwürdig. Er griff ein, weil er seine Arbeitgeber verteidigen wollte. Doch er schlug mit dem Kopf gegen ein Möbelstück, als er durch die Kinnhaken, die er kassiert hatte, nach hinten fiel.«

»Wie geht es ihm?«

»Er liegt im Koma.«

»Im Koma?«

»Er kann in diesem Zustand alt werden. Oder plötzlich aufwachen. Oder heute Nacht noch sterben.«

»Und dann? Bleibt also alles im Dunkeln? Wird niemand je erfahren, was zwischen Sophia und ihrem Mann passiert ist?«

»Ach, das ist doch kein Geheimnis. Ein Raubüberfall. Verstehen Sie? Das Ehepaar wurde Opfer eines Raubüberfalls. Wir haben auch schon einen Verdächtigen festgenommen, der kurz vor einem Geständnis steht. Schon vor dem Verbrechen hatte derselbe Mann die Dreistigkeit besessen, in das Wohnhaus der Corsos im Viertel Bela Vista, wo ein sehr großer Teil unserer Reichen Quartier bezogen hat, einzudringen. Er gab sich als Kunde des Unternehmers aus und schaffte es, die Adresse des Landhauses in den Bergen herauszubekommen, in dem sich das Ehepaar aufhielt. Ein Wachmann versuchte ihn aufzuhalten, doch es gelang ihm nicht. Er überschlug sich während der Verfolgungsjagd mit dem Auto. Die Details überlassen Sie mir.«

»Aber der Verdächtige bin ich, Sampaio. Und das Auto …«

»Nein, nein! Vergessen Sie doch das Auto. Sie haben den Abend ganz entspannt zu Hause verbracht und sich von einer Sehnenentzündung erholt, die es Ihnen bis einschließlich heute unmöglich gemacht hat, zur Arbeit zu gehen. Ihre Freundin Berta kann Ihnen als Alibi dienen. Sie wird aussagen, dass sie bei Ihnen gewesen ist. Natürlich nur, wenn das überhaupt nötig sein sollte. Aber ich denke, es wird gar nicht nötig sein. Um den Rest kümmere ich mich. Fräulein! Drei Schachteln Chanceler und die Rechnung, bitte.«

Es war schon fast acht Uhr morgens, als Sampaio mich zu Hause ablieferte. Er wollte nicht mit raufkommen und gab mir nicht die Hand. Er bat mich, ihm den Mantel des Kollegen zurückzugeben und sagte, ich solle zu einem Augenarzt gehen. Dann zündete er sich eine seiner dünnen Zigaretten an. Er zitterte. Ich glaube, er lächelte beinahe, aber ich bin mir nicht sicher. Sein Auto, die alte Klapperkiste, überquerte den Viadukt und wurde in der noch schüchternen Sonne immer kleiner. Endlich wird das Wetter besser, dachte ich. Ich begegnete Nachtportier Osmar, der gerade das Haus verließ. Seine Schicht war zu Ende.

»Tag, Herr Otto.«

»Guten Tag.«

»War die Party gut?«, wollte er wissen und zwinkerte mir komplizenhaft zu.

»Ja«, sagte ich und gähnte.

»Haben Sie eine Frau abgeschleppt?«

»Zwei. Eine Mulattin und eine Rothaarige.«

»Zwei auf einmal?«

»Ich war der Belag in einem Sandwich aus Frauen.«

»Oh Mann, das ist geil! Und der Wagen?«

»Den habe ich bei den beiden gelassen. Sie bringen ihn später zurück.«

»Diese schamlosen Weiber! Machen mit einem, was sie wollen«, sagte er und grinste.

In meiner eiskalten Wohnung machte ich den Ofen im Wohnzimmer an und ließ die Vorhänge geschlossen. Ich zog ein paar meiner noch immer blutigen und schlammbespritzten Kleidungsstücke aus. Eigentlich nur die Schuhe. Ich nahm die Zeitung in die Hand, sah mir dann aber doch nur träge die Nachrichten im Fernsehen an. Dann legte ich mich auf das Sofa und hätte gern etwas zu lesen gehabt. Aber ich war zu träge, mir noch einmal die Zeitung zu holen. Deshalb begnügte ich mich mit einer Zeitschrift, die schon einige Wochen alt war und kein Titelblatt mehr hatte, aber in meiner Reichweite lag. Ich blätterte ein halbes Dutzend Seiten um und schlief in weniger als fünf Minuten ein. Es war kein Schlaf – es war Bewusstlosigkeit.

21

Als ich erwachte, lag ich ganz krumm auf dem Sofa. Mein Gesicht musste immer noch schrecklich aussehen. Jedenfalls tat es noch ziemlich weh. Zum Glück ist mein moderner Ofen mit einer Sicherheitsfunktion ausgestattet, die ihn nach einer gewissen Zeit automatisch abschaltet. Sonst wäre ich bereits tot. Wegen der Hitze oder wegen des Sauerstoffmangels. Mir wurde erst klar, dass ich fast vierundzwanzig Stunden nicht auf Sendung gewesen war, als die neue Tageszeitung unter meiner Tür durchgeschoben wurde. Ich versuchte vom Sofa aus die Schlagzeilen zu lesen. Es ging nicht, aber immerhin sah ich schon einen dünnen Faden Licht mit meinem übel zugerichteten Auge. Als würde ich einen Strohhalm als Fernglas benutzen. Das war ja immerhin etwas. Dann riss ich mich zusammen, ging zur Tür und nahm das Käseblatt mit in die Küche. Ich hätte gern Berta bei mir gehabt. Sie hätte mir ein Frühstück zubereitet, wie nur sie es konnte. Ich gab ein wenig löslichen Kaffee in einen Becher und schaltete die Herdplatte für den Wasserkessel an. »Dieb tötet Unternehmer und seine Frau« war die größte Schlagzeile bei den Polizeiberichten. Ich blätterte zur entsprechenden Stelle. Es war der Seitenaufmacher.

»Unternehmer und Gattin in den Bergen ermordet.« Die Überschrift rahmte das Foto jenes Mannes ein, der nach Gott geschrien hatte, während er auf dem Kommissariat von Zigaretten versengt worden war. Also war er es, der mir half, nicht umgekehrt, dachte ich. Es handelte sich um ein altes Passbild. Alt und bestimmt vor der Folter aufgenommen, die er bei der Polizei erlitten hatte.

In dem Bericht stand, wenn auch nicht genau in dieser Reihenfolge, dass der arbeitslose João Raimundo Dutra Santos, 39, am Tatort festgenommen worden sei und die Morde an dem Bauunternehmer Anízio Corso, 61, und dessen Frau, der bildenden Künstlerin Sophia Corso, 24, gestanden habe. Beide waren tot in ihrem Landhaus in den Bergen aufgefunden worden. Der Angestellte Percival Dorneles, 67, der als Hausmeister für die Corsos arbeitete, war zusammengeschlagen worden und befand sich aufgrund seiner Kopfverletzungen im Koma. Er lag im Unfallkrankenhaus. Der Kommissar des 5. Kommissariats der Hauptstadt, Hamilton Sampaio, glaubte an einen Überfall. Er gab an, dass Santos aus der Justizvollzugsanstalt geflüchtet war, wo er eine Strafe wegen Vergewaltigung mit Todesfolge absaß. Außerdem wurde berichtet, dass Sophia erwürgt worden war und keine Zeichen von sexueller Gewalt aufwies. Ihr Mann war von einer Gewehrkugel, Kaliber zwölf, ins Gesicht getroffen worden. Der Wasserkessel war fast leer. Ich schaltete die Herdplatte aus und verzichtete auf meinen Kaffee. Ich musste telefonieren.

Kurz nach Mittag wartete ich rasiert, gewaschen und mit gegelten Haaren im Politikerrestaurant des Mercado Público auf Teo, der dort so gerne aß. Im Spiegel an der hinteren Wand des Lokals betrachtete ich mein Gesicht, dessen gewohnte Physiognomie durch Corsos Schlag stark verändert worden war. Ich sah immer noch aus wie ein Kreuzritter, der in seine Burg zurückkehrt, nachdem er von einem orientalischen Krummsäbel bis zur Unkenntlichkeit entstellt worden war. Aber ich konnte mit meinem verletzten Auge auch schon wieder etwas mehr sehen.

Am Telefon erzählte mir mein Freund – nachdem er mich Hundesohn und Schlimmeres genannt hatte, was alles zutraf –, dass sein Wagen auf einem Schrottplatz gefunden worden war. Wieder ein Trick von Sampaio, dachte ich, denn ich selbst hatte den Wagen ja auf der matschigen Straße in den Bergen stehen lassen. Teo sagte außerdem, er habe nur akzeptiert, mit mir essen zu gehen, weil er mir einige Dinge persönlich zu sagen hätte und mir eventuell ein paar Kinnhaken versetzen würde. Der Totalverlust eines japanischen Wagens ist ein harter Schlag, dachte ich.

Teo kam, als ich gerade meine zweite Flasche Mineralwasser mit Kohlensäure und einigen Zitronenscheiben leerte. Ein prima Hausmittel nach Exzessen übrigens. Aber was war in meinem Fall der Exzess gewesen?

»Mein Gott!«, sagte er und kotzte fast, als er mich und mein kaputtes Auge erblickte.

»Du müsstest den anderen Kerl sehen«, sagte ich und gab ihm die Hand. Teo drückte sie ohne Elan. Er setzte sich und begann wortlos die Speisekarte durchzublättern, die der Kellner ihm gegeben hatte. Zumindest tat er so. Wir benahmen uns wie zwei Typen in einer Spionagestory.

»War dein Auto versichert? Wenn nicht, kann ich ein paar Bilder verkaufen und anfangen, die Summe in Raten abzuzahlen …«

»Darüber will ich nicht sprechen, Otto. Behalte dein Geld, deine Bilder, deinen ganzen Scheißdreck. Du wirst es brauchen. Es tut mir leid, aber aus dem Centro Popular de Cultura bist du raus.«

»Das ist in Ordnung. Ich hab's mir schon gedacht.«

»Ich muss mich ein wenig schützen. Weil wir gerade davon sprechen, unterschreib bitte hier. Das ist dein Entlassungsgesuch.«

»Natürlich.«

Ich unterschrieb das Papier mit dem Staatsstempel, und wir waren für einige Zeit quitt. Der Kellner kam zweimal an den Tisch, aber wir hatten immer noch nichts ausgesucht. Ich hatte die Speisekarte noch nicht einmal aufgeschlagen. Als der Kellner zum dritten Mal kam, bestellte Teo Engelfischfilet auf portugiesische Art, Vinho verde und ein Mineralwasser mit Zitrone. Ich bestellte das Gleiche. Der Kellner verschwand.

»Danke, Teo. Ich bin nur hier, weil du in dieser Sache die Fäden gezogen hast.«

Oh Mann, wie er sich nun aufregte. Ich dachte schon, der dicke Teo würde explodieren. Stirn und Wangen waren schweißnass. Aus seinem Mund sprudelte ein Wortschwall, den er zerkaute und in kompakten Dosen ausspuckte. Bis die anderen Gäste anfingen, die Köpfe in unsere Richtung zu recken. Erst da senkte er die Stimme, aber er war immer noch genauso wütend.

»Ich habe die Fäden gezogen? Ich habe fast zwanzig Jahre meines Lebens verloren. Du kannst dir gar nicht vorstellen, was mich dieses Mittagessen kostet, das genauso gut im Gefängnis stattfinden könnte, Otto.«

»Ja, das kann ich mir vorstellen …«

»Nein, das kannst du nicht. Du hast keine Ahnung, welche Beziehungen ich spielen lassen musste. Und dann wird mein Auto auch noch auf einem illegalen Autofriedhof abgestellt. Du hast zwei Leute umgebracht, aber es ist wahrscheinlicher, dass ich dafür ins Gefängnis gehe.«

Ich reagierte nicht. Teo rammte seine Ellbogen in den Tisch und stützte den Kopf in seine behaarten Hände. Er seufzte, bevor er das Gespräch wieder aufnahm. Besser gesagt: seine Ansprache.

»Es tut mir leid. Aber ich bin einfach total am Ende.«

»Es ist alles okay, Teo. Es ist ja wirklich schwer zu glauben, dass ich in dieser ganzen Sache sauber geblieben bin.«

»Ich muss gar nichts glauben, Otto. Du bist mein Freund. Der älteste von meinen Freunden. Du kannst hundert Leute umbringen und wirst es trotzdem bleiben. Es ist nur so, dass …«

»Klar, ich habe alle Grenzen überschritten.«

»Viel mehr. Noch viel mehr als das.«

»Es tut mir leid, Teo. Wirklich.«

»Vergiss es.«

»Bitte sehr«, sagte der Kellner und servierte die Speisen. Sie waren wie immer ausgezeichnet. Teos Laune besserte sich ein wenig, sobald sich sein Magen füllte. Ich gab ihm eine Schachtel holländische Zigarillos, die ich unterwegs gekauft hatte, und eine ausgewählte Kompaktversion dessen, was er Sampaio sagen konnte. Danach hielt ich den Mund, bevor ich noch irgendwelchen Blödsinn erzählte. Wir aßen schweigend unseren Karamellpudding, bis Teo sagte:

»Sag mal, Otto. Du weißt doch, dass ich noch nie … jemanden geliebt habe. Du selbst hast mir das immer vorgehalten.«

Wir schwiegen erneut, während Teo die Schachtel öffnete und an den Zigarillos roch. Er schloss sie wieder und steckte alles in seine Tasche.

»Noch nie?«

»Nein, noch nie. Und du hast dir den Arsch aufgerissen, um dieser Frau zu helfen, die du nicht einmal richtig kanntest. Hast du sie geliebt? Ist Liebe für dich eben das? Ist es Liebe, wenn man anderen hilft?«

Ich dachte darüber nach. Ich hatte Tage mit schwierigen Gesprächen und sich wiederholenden Themen hinter mir. Unglaublich, wie den Leuten dieses Thema gefällt, dachte ich, bevor ich etwas sagte. Aber was sollte ich denn sagen?

»Ich weiß nicht, Teo«, meinte ich schließlich und wischte mir den Mund mit der Leinenserviette ab, die an den Kanten ziemlich abgestoßen, aber immer noch elegant und gediegen war. »Ich wollte ihr helfen, das stimmt. Aber ob das nun Liebe war oder nicht, wer kann das schon wissen? Das ist auch nicht so wichtig, denke ich.«

»Stimmt, das ist eigentlich nicht so wichtig. Vielleicht ist es gerade deshalb Liebe. Ich habe nur aus Neugier gefragt. Soweit ich überhaupt dazu fähig bin, so etwas wie Neugier zu empfinden.«

Teo bezahlte. »Arbeitsessen«, erklärte er mir. Wir gingen durch den Mercado Público, der voller Menschen war. Teo hatte seinen molligen Arm um meine Schulter gelegt. Ich lud ihn zu einem Kaffee ein, aber er hatte es eilig. Wir küssten uns auf die Wange, bevor er in seinen Dienstwagen stieg, der ihn zu einer Versammlung im Staatlichen Verwaltungszentrum bringen würde. Dieses Mal bot er nicht an, mich mitzunehmen. Teo, sein Fahrer und der Regierungswagen wurden schnell vom Verkehr verschluckt, der das Alte Rathaus umfloss.

Ich ging zu Fuß nach Hause wie ein Tourist. Die Kälte war ein wenig kameradschaftlicher, und ich musste sogar den Mantel öffnen, weil ich spürte, wie mir etwas Schweiß auf der Stirn stand. Ich stieg gemächlich die Stufen zum »Viadukt der Selbstmörder« hinauf und blieb immer wieder stehen, um einen Blick auf das Panorama zu werfen. Es war sehr schön. Ich dachte an Sampaio und wie er mir erklärt hatte, warum er die Stadt so mochte. Ich versuchte darauf eine Antwort zu finden, aber es gelang mir nicht. Sie gefiel mir einfach, das war alles.

Berta saß auf meiner Fußmatte und wartete schon auf mich. Sie umarmte mich stürmisch. Nach vielen Jahren – ich wusste gar nicht mehr genau, nach wie vielen – war mir wieder zum Weinen zumute. Aber ich riss mich zusammen. Wir gingen in die Wohnung. Sie kümmerte sich um mein Auge und machte mir einen Verband. Sie umwickelte meine offenen Handgelenke mit Mull, der mit einer schmerzlindernden Salbe, die sie ihrer Mutter geklaut hatte, versehen war. Sie zog uns beide sehr ruhig und wie selbstverständlich aus. Selbst mumifiziert und halb schielend brachte ich es fertig, dass die erste Nummer mit Berta ziemlich intensiv war. Danach blieben wir eng umschlungen vor dem Ofen sitzen und warteten darauf, dass Trompeten und Pianos uns den Geist wiederherstellten. Sie hatte ihren Kopf an meine Brust gelegt und pfiff die Melodien mit, ohne auch nur bei einer Note danebenzuliegen. Ich versuchte herauszufinden, ob ich Sophia geliebt hatte und ob ich jetzt Berta liebte. Wir blieben so sitzen, bis es Zeit war, die Lichter in der Wohnung anzuschalten. Sie bemerkte die angefangene Leinwand auf der Staffelei.

»Was wird das? Eine Mona Lisa?«, fragte sie und zeigte auf das Bild.

»Eine abstrakte Figur.«

»Ach so, das ist aber sehr vage. Das ist doch eigentlich unmöglich.«

»Eine Mona Lisa auch.«

»Jeder kann eine abstrakte Figur zeichnen.«

»Und jeder kann eine Mona Lisa zeichnen. Das Problem ist die Distanz zwischen dieser Bedingung der universellen Wahrscheinlichkeit und der Fertigstellung des Werkes.«

»Du liebe Zeit! Für einen ahnungslosen Junggesellen bist du ganz schön philosophisch, mein Liebster.«

Berta sah sich das Bild genauer an. Sie nahm es von der Staffelei und brachte es zur Lampe, die mit einer speziellen Glühbirne ausgestattet ist und die ich manchmal nachts zum Malen nutze.

»Interessant«, sagte sie.

Ich ging zu ihr hin. Ich bin immer ganz Ohr, wenn über meine Bilder gesprochen wird.

»Was ist daran interessant?«

»Ich glaube, hier ist dir der Himmel gelungen.«

Ich betrachtete aufmerksam das Grau des Himmels. Es war mir gar nicht bewusst gewesen, aber ich hatte diese Farbe, hinter der ich so her war, tatsächlich getroffen, ohne dass ich es mir groß vorgenommen hätte. Ich erzählte Berta von den Vorversuchen, weil sie von meiner fixen Idee wusste.

»Ich habe sogar einen Namen für diese Farbe: Augusthimmel.«

»Das ist schön, Otto.«

»Wirklich?«

»Sehr schön. Und ich habe einen Titel für dieses Werk, das eine neue Phase deiner Arbeit einläutet: *Unter dem Augusthimmel*. Wir könnten eine Ausstellung mit diesem Motto machen.«

»Das würde mir gefallen. Willst du meine Kunsthändlerin sein?«

»Nein, ich möchte lieber noch ein bisschen ficken.«

Später am Abend brachte Berta mir bei, wie man Karottenkuchen mit Schokoladenguss zubereitet, und nahm damit ihren Unterricht aus der Vorwoche wieder auf. Erneut schaltete ich den Mixer bei geöffnetem Deckel an. Ein Malheur. Wir waren voller Teig. Wir und die ganze Küche bis hinauf zur Decke. Berta fand das sehr lustig. Sie lachte, bis sie Tränen in den Augen hatte. Klar, sie würde das alles auch nicht sauber machen. »Ich liebe rohen Kuchenteig«, sagte sie und versuchte mein Gesicht abzulecken. Das gefiel mir, und ich tat dasselbe bei ihr. Dann strich ich ein bisschen Teig auf ihre Brüste und ihren Po. Ich machte weiter mit diesem Spiel und ließ nichts unbedeckt. Sie lachte sehr. Das Telefon klingelte, einmal, zweimal, dreimal. Ich nahm Berta auf den Schoß, und wir setzten uns wieder vor den Ofen.

DANKSAGUNG

Ich danke all jenen, ohne die dieses Buch nicht entstanden wäre. Meinen Eltern, die mir beharrlich einen unerschütterlichen Glauben an die Kunst und tief empfundenen Respekt vor dem geschriebenen Wort eintrichterten. Andrea Benatti, weil sie an mich glaubte, selbst im Dunkeln. Victor Wolwacz, vor fünfundzwanzig Jahren eine riesige russische Gestalt, ein Musterknabe wie kein zweiter, der grauenhafte Orte mit mir aufsuchte, und sie von unerträglich in gastlich verwandelte. Der weit entfernten Márcia Landsmann für ihre immer noch spitze Zunge; nicht einmal in Frankreich wird ein so zauberhaftes Französisch gesprochen. Carla Taroncher, meinem Vergil in den unbekannten und oft finsteren Gegenden. Dem Schriftsteller Juremir Machado da Silva, der mir während einer Fahrt mit dem Sammeltaxi gezeigt hat, was nicht geschrieben werden kann. Meinem langjährigen Freund Rodrigo Christini, der ein aufmerksamer Lektor und ein großer Entwickler von Figuren ist. Dem Journalisten Sérgio Endler, einem großzügigen Menschen und treffsicheren Lehrer, der mich mit einem Stück Kreide mitten auf der Stirn traf und aufweckte, und der noch weitere Tricks beherrschte, die meinen Geist bereicherten. Naiana Borges, Fabi Lazzaris, Tati Flores, Taline Oppitz, Samantha Carvalho, Cibele Carneiro und Priscilla Casagrande – intelligent und unwiderstehlich kompliziert, wenn auch gelegentlich anstrengend –, die es nicht einmal nötig hatten, schön zu sein. Ivan Guevara und Mariana Dutra. Rodrigo Alencastro, Komplize bei diversen Dummheiten.

Der Journalistin Daniela Miranda, die die Farben der Casa Cultura Mario Quintana durcheinanderbrachte. Meinem Bruder Juliano Machado, einem im Flaubertschen Sinne schlichten Herzen, der immer in meiner Nähe ist und immer bereit. Meinem Lehrer Leco Reis und einer Freundschaft, die die Entfernung eines Kontinents und zwei Jahrzehnte überdauert hat. Meinem ältesten Freund und Bruder Cacaio Praetzel, vor allem deshalb, weil er mir, ganz unentgeltlich, die ersten Dosen Rodgers & Hart, Gershwin, Berlin und andere Gifte verabreichte, die sofortige und unabwendbare Abhängigkeit verursachen. Ich danke besonders den unschätzbaren menschlichen Vorbildern Fernando O'Donnell und Silvia Dolzan, zwei herausragenden Intellektuellen im besten Sinn des Wortes und, zu meinem Glück, Lehrern für mein ganzes Leben, ohne deren geduldige Fürsorge ich nicht eine einzige Zeile geschrieben hätte. Den begabten Fotografen Rodrigo Migliorin und Marcelo Acosta. Der Journalistin und Schriftstellerin Lu Thomé, einer verlässlichen Freundin und kämpferischen Verbündeten seit der allerersten Stunde.